Arena-Taschenbuch

Band 50579

D1829405

Weitere Thriller von Krystyna Kuhn im Arena-Taschenbuch:
Schneewittchenfalle (Band 50576)
Dornröschengift (Band 50577)
Märchenmord (Band 50578)

Alle Titel sind als Hörbuch bei Arena Audio erschienen.

Krystyna Kuhns Tal-Reihe umfasst folgende Titel:
Season 1 (1) – Das Spiel
Season 1 (2) – Die Katastrophe
Season 1 (3) – Der Sturm
Season 1 (4) – Die Prophezeiung
Season 2 (1) – Der Fluch
Season 2 (2) – Das Erbe
Season 2 (3) – Die Jagd
Season 2 (4) – Die Entscheidung

Krystyna Kuhn
wurde 1960 als siebtes von acht Kindern in Würzburg geboren. Sie studierte Slawistik, Germanistik und Kunstgeschichte und arbeitete als Redakteurin. Seit 1998 ist sie freischaffende Autorin und schreibt mit großem Erfolg Thriller. Ihre Romane bei Arena wie *»Schneewittchenfalle«* oder *»Dornröschengift«* wurden allesamt zu Bestsellern. Und die Mysterythriller um *»Das Tal«* haben sich zu einem echten Kult entwickelt. Krystyna Kuhn lebt mit ihrer Familie in der Nähe von Frankfurt.

Krystyna Kuhn

Aschenputtelfluch

Arena

FSC
www.fsc.org
MIX
Papier aus verantwortungsvollen Quellen
FSC® C110508

1. Auflage als Sonderausgabe im Arena-Taschenbuch 2014
© 2009 Arena Verlag GmbH, Würzburg
Alle Rechte vorbehalten
Covergestaltung: Frauke Schneider
Umschlagtypografie: knaus. büro für konzeptionelle und visuelle identitäten, Würzburg
Gesamtherstellung: Westermann Druck Zwickau GmbH
ISSN 0518-4002
ISBN 978-3-401-50579-4

www.arena-verlag.de
www.arena-thriller.de
www.facebook.com/arenathriller
Mitreden unter forum.arena-verlag.de

Für Jennifer James

»Mut ist nicht die Abwesenheit von Angst, sondern vielmehr die Erkenntnis, dass etwas anderes wichtiger ist als Angst.«

Aus dem Film »Plötzlich Prinzessin« von Garry Marshall
nach dem gleichnamigen Buch von Meg Cabot

Kiras Tagebuch

Allerletzter Eintrag

Nie hätte ich gedacht, dass ich das hier einmal schreiben würde. Wozu echte Verzweiflung fähig macht! Soll ich es wirklich tun? Ist das tatsächlich der einzige Ausweg?

Ich bestätige meinen Benutzernamen (kira) und das Passwort (cinderella) und muss nicht lange überlegen. Meine Finger fliegen geradezu über die Tasten, als würde mir ein Geist die Worte zuflüstern, die mich aus dem dunklen Tunnel führen werden.

Oder will ich nur schnell zum Ende kommen, um diese Geschichte, die mein Leben ist, hinter mich zu bringen? Egal – ich kann nicht mehr. Es hat alles keinen Sinn. Wie konnte ich nur hoffen, nach den Ferien hätte sich alles geändert? Es gibt keine Wunder! Nicht für mich!

Heute Mittag war ich als Erste am Treffpunkt Hauptbahnhof Leipzig. Frau Sturm wartete bereits am Ostausgang. Ich habe sofort auf sie eingeredet, dass ich das Zimmer wechseln möchte.

»Ihr seid genau acht Mädchen in eurem Jahrgang, Kira. Die Zweibettzimmer sind voll belegt. Ich habe schon alle aufgeteilt! Und du weißt ja, Frau Schüler hat es nicht gern, wenn man ihre Pläne durcheinanderbringt.«

»Den Neuen ist es egal, mit wem sie zusammenwohnen!«

»Ist etwas nicht in Ordnung?«

Nur weil die Sturm ihre Röntgenbrille aufhat, glaubt sie, jeden von uns durchschauen zu können, und bildet sich ein, ihr entgehe nichts. Ich kann darüber nur lachen. Selbst wenn ihr Gehirn ein Computertomograf wäre, würde sie niemals hinter unsere Geheim-

nisse kommen. Blind ist sie! Taub und blind! Wie alle Lehrer. Sie kapieren nichts! Denn sie wollen nichts davon wissen, von den bösen, grausamen Spielen. All die Tränen, die Verzweiflung, die Wut, der Hass – sie sind verborgen in unseren dunklen Seelen.

Jedenfalls musste ich lange auf sie einreden, bis sie nachgegeben hat.

Und nun? Alles umsonst! Zu spät!

Meine düsteren Vorahnungen haben sich bestätigt.

Die Zeit heilt alle Wunden?

Nein, sie macht sie nur noch schlimmer.

Wie viele Wochen, Tage, Stunden, Minuten, Sekunden soll ich noch warten? Wie viele Versuche soll ich noch unternehmen, um aus dem schwarzen Loch herauszukriechen?

Wen gibt es, der mir darauf eine Antwort geben kann?

Nein, ich bin müde, möchte mich einfach fallen lassen.

Ich habe IHN nur kurz am Bahnhof gesehen. KEIN Wort zur Begrüßung. Nicht einmal ein Blick.

Und die ganze Zeit im Bus ihre Stimme.

Wie sie mit lauter Stimme erzählt und gelacht hat. Dann wieder dieses Flüstern. Obwohl ich sie nicht sehen konnte, spürte ich ihre Blicke im Nacken wie Nadelstiche. Ja, klar, ich habe so getan, als würde ich nichts merken. Und doch habe ich die ganze Zeit an nichts anderes gedacht.

Alles ein abgekartetes Spiel, bei dem ich nur verlieren kann. Denn die Regeln haben sie mir nicht verraten.

Als ich ausgestiegen bin, fühlte ich mich wie erstarrt und wunderte mich, dass ich überhaupt noch laufen konnte. Und dann begegnete ich IHM, als ich meinen Koffer aus dem Bus holte.

»Hi, Cinderella!«, sagte er.

Bevor ich etwas sagen konnte, zog sie ihn weg und murmelte: »Ich frage mich nur, wie lange ihre Vorräte an Gehirnzellen noch reichen, um das hier zu überstehen. Die sind knapper als die Ölvorräte.«

Klar, dass alle in Lachen ausbrachen.

Jedes Wort von ihr ist vergiftet. Sie hat mich angesehen, als sie ihn geküsst hat. Ach was, geküsst – abgeknutscht hat sie ihn. Ihre lange rosa Zunge in ihn hineingesteckt, als wolle sie ihn verschlucken. Aber sie knutscht jeden Mann einfach ab. Das ist ihre Natur.

Ich hörte ihr Lachen noch, als ich hier in den Keller flüchtete, um diesen – meinen letzten – Eintrag in das Tagebuch zu schreiben. Meine Verzweiflung ist so groß, dass ich fast nichts mehr empfinden kann. In mir ist alles kalt. Alles tot.

Und dennoch wünsche ich mir ein Happy End auf meine Weise. Vielleicht trägt mich der Wind ja auch in die Höhe? Und alles von oben zu betrachten – kommt dies nicht einem göttlichen Standpunkt gleich?

Ich stelle es mir ganz genau vor: Wie alle unten im Schulhof stehen.

Die ungeduldigen Ermahnungen und falschen Ermunterungen der Eltern: Benimm dich! Dass mir keine Klagen kommen! Streng dich mehr an! Du schaffst das! Ein neues Schuljahr – eine neue Chance! Neues Spiel, neues Glück!

Das Gekreische der Mädchen, die sich zur Begrüßung in die Arme fallen: Oooooh, du hast eine neue Frisur; süüüüüüß deine neue Jacke; coooooool, wir sind in einem Zimmer.

Und die Jungs: He Alter, was geht ab; na, auch wieder zurück in der Hölle?; schieb mal den iPod rüber.

Vermutlich werde ich darüber lachen, wenn die Welt dort unten auf ein Nichts zusammenschrumpft, das Ganze zu einer Playmobil-

schule wird. Wenn sich das Gewimmel auflöst, die Tränen aufhören zu fließen, die Eltern nach Hause fahren. Die Stimmen, das Gelächter – alles wird leiser, bis ich nur noch den Wind dort oben höre und das Gekrächze der Raben, die sich auf dem Dach versammeln. Sie werden die einzigen Zeugen sein. Die einzigen, die mir Mut machen.

Werde ich die Kraft haben zu springen?

Oder nicht?

Aber – ich brauche ja gar keine Kraft mehr. Das ist das Schöne. Ich muss mich einfach nur fallen lassen.

Ja, ich habe Angst!

Aber ich freue mich auch!

Denn heute noch sehe ich Mama und Papa wieder. He, werde ich zu ihnen sagen, ich habe euch so vermisst!

KAPITEL 1

Der Bus gab Vollgas, legte sich in die Kurve und bog nach rechts in eine schmale Straße, nicht mehr als ein asphaltierter Waldweg. Die hohen dunkelgrünen Tannen standen so dicht beieinander, dass nur ein schmaler Streifen blauer Himmel über uns zu sehen war.

Willkommen in Ravenhorst!

Das Schild war nicht zu übersehen.

Oh mein Gott, war ich nervös. Nur noch drei Kilometer trennten mich von meiner neuen Heimat.

Ich schloss die Augen und sagte zu mir: Calm down, Jule, du bist auf dem direkten Weg in die Freiheit.

Mein Nachbar schlief immer noch.

»Ich bin Nikolaj, zehnte Klasse«, hatte er gesagt, als wir am Hauptbahnhof Leipzig in den Bus stiegen. »Ist der Platz neben dir frei? Hinten wird mir immer schlecht.«

Ich nickte und räumte bereitwillig meinen Rucksack zur Seite.

Er setzte sich, schloss die Augen und weg war er.

Wie ich heiße, hatte er nicht gefragt.

Ich bin Jule.

Na ja, eigentlich Juliane, aber niemand nennt mich so außer meinen Eltern. Ich bin nicht nur Einzelkind, sondern auch das Produkt einer späten Liebe. Zu spät – wenn man mich fragt. Ich bin auf die Welt gekommen, als meine Mutter anfing, sich vor dem Leben zu fürchten: vor Arbeitslosigkeit, Krankheit, Tod, Wirtschaftskrise, Klimaerwärmung, Terrorismus, Vogelgrippe. Vielleicht liegt es auch daran, dass mein Vater Polizist ist. Sie weiß einfach zu viel darüber Bescheid, was alles passieren kann.

Meine Eltern sind alt. Älter als die Beatles, viel älter als das Farbfernsehen – an Computer oder Handys war noch gar nicht zu denken. Mein Daddy – er hasst es, wenn ich ihn so nenne – ist ein Jahr nach dem Ende des Zweiten Weltkrieges geboren. Ist das nicht krass? Und meine Mutter sieben Jahre später. Kurz – eine Tochter in meinem Alter bedeutet für sie der totale Kulturschock.

Und deshalb bin ich jetzt unterwegs in das Internat Ravenhorst, das ehemals ein Kloster war. Ich könnte also sagen, ich gehe freiwillig ins Kloster, um der absolut peinlichen Fürsorge meiner Eltern zu entkommen und – weil ich nach der Sache mit Jasper vermutlich sowieso nie mehr eine Beziehung haben will.

Ganz davon abgesehen – es gibt Spiegel, die mir unmissverständlich zu verstehen geben: Ich, Jule Sanden, in der Blüte meiner Jugend, sprich sechzehn Jahre alt, bin flach, total platt. Exakt ausgedrückt – und ich oute mich gleich als Mathefreak – komme ich gerade mal auf Körbchengröße 70 A mit Tendenz zu 65 A, wenn ein Busen überhaupt noch kleiner sein kann. Irgendwann einmal werde ich Spiegel mit digitaler Bildbearbeitung erfinden, die so eingestellt sind, dass man sich selbst perfekt erscheint.

»Aber du bist doch so intelligent, Juliane«, jammert meine Mutter im Gegenzug, wenn ich über mein Aussehen jammere.

»Klar, Mammi, und die Kerle stehen total auf Mädchen, die klug sind. Sie mögen es, wenn man widerspricht, Matheformeln zitiert und ihnen die Theorie des Weltalls erklärt. Genau das, was sie brauchen.«

Aber das ist ein Humor, den meine Mutter nicht versteht, weshalb sie versucht, mich zu trösten: »Aber was ist mit Jasper? Der liebt dich doch!«

In solchen Momenten möchte ich sie am liebsten anschreien, aber – Mammi ist so naiv und lieb zugleich – ich bringe es einfach nicht übers Herz.

Jedenfalls, nach all der Kacke in den letzten Wochen vor den großen Ferien – und die war wirklich am Dampfen – war mir klar: Ich musste dringend weg von zu Hause. Deshalb habe ich mich für das Stipendium in Ravenhorst beworben und es bekommen. Sonst säße ich ja nicht neben diesem Nikolaj, der den Schlaf erfunden hat.

Ravenhorst ist ein ziemlich bekanntes Internat für reiche Kids und wenige Stipendiaten. Jasper hat es geschlossene Anstalt für kopfgesteuerte Intelligenzbestien genannt, die alles hinterfragen, sogar die Liebe. Aber was Jasper sagt, spielt keine Rolle mehr.

»Alle mal herhören! Wir sind bald da!«

Ich schrak zusammen, als die Stimme von Frau Sturm durch den Bus schallte, begleitet vom schrillen Pfeifen des Mikrofons.

Frau Sturm hatte uns am Bahnhof erwartet. Sie sah ganz genauso aus wie die Supernanny im Fernsehen – die gleichen langen dunkelbraunen Haare, der gleiche schwarze Pullunder über dem weißen T-Shirt, und wenn sie sprach – dann versuchten ihre blauen Augen hinter der schwarzen Brille, ganz tief in mich hineinzublicken. Ich weiß nicht genau, was in dir vorgeht, schienen sie zu sagen, aber ich finde es heraus.

»Willst du einen Kaugummi?«, hörte ich eine Stimme neben mir. Der schläfrige McDreamy war tatsächlich aufgewacht.

»Was?«

»Ich bin Nikolaj, erinnerst du dich?«

»Ich bin ja nicht dement.«

»Und wie heißt du?«

»Jule. Auch zehnte Klasse.«

»Okay«, er nickte. »Dann bist du bei uns. Wir sind eine coole Truppe. Na ja, bis auf ein paar Freaks.«

Seine schwarz gelockten Haare reichten bis auf die Schultern. Er war ziemlich blass und seine Stirn zeigte einen abartig großen Bluterguss. Aber er sah viel besser aus als Jasper. Und er roch verdammt gut nach irgendeinem Wunderdeo. Hätte ich nicht mit dem Thema Männer endgültig abgeschlossen, ehrlich, ich wäre am liebsten dicht an ihn gerückt, nur um an ihm zu schnuppern. Ein richtiger McDreamy-Typ. Und Augen hatte er – die waren so braun, dass ich sofort Heißhunger verspürte auf original italienischen Cappuccino mit viel Milchschaum.

»Also, willst du nun einen Kaugummi, Jule?«

Er grinste.

Nein, er grinste nicht, er lächelte irgendwie . . . besonders. In der Tat – ein klarer Fall von McDreamy – träumen durfte man ja.

»Okay«, erwiderte ich und wurde rot. Zumindest wurde mir heiß. Unsere Hände berührten sich, als er mir den Kaugummi Marke Strong Mint von Fisherman's Friend reichte.

Verdammt, meine Hormone hielten sich nicht an die Regeln, die ich aufgestellt hatte. Ich war nicht gewillt, mich wieder zu verlieben, bis ich achtzehn war. Jasper, du Idiot!

»Schau mal, Kira! Da vorne sieht man schon den Kirchturm!« In der Reihe neben uns löste ein dunkelhaariges Mädchen ihren Sicherheitsgut und hüpfte vor Aufregung auf ihrem Platz auf und ab. Hemmungslos beugte sie sich über ihre Platznachbarin, ein groß gewachsenes schmales Mädchen mit honigfarbener Haarmähne, deren Gesicht so ernst war, als hätte sie ihr Lachen für alle Ewigkeit an den Teufel verkauft.

Ich sah aus dem Fenster. Tatsächlich – hinter dem Waldstück tauchte er auf, der hohe Kirchturm von Ravenhorst.

»Bitte setze dich, Emilia«, rief Frau Sturm. »Und schnall dich wieder an. Wir wollen doch nicht, dass dir bereits am ersten Tag im Internat etwas zustößt!« Ihr Blick wanderte durch den Bus. »Und ihr beiden dort hinten, Michael und Nora, bitte passt auf, dass ihr euch beim Küssen nicht gegenseitig verschluckt. Etwas dezenter bitte! Hier sind auch jüngere Schüler!«

Allgemeines Gelächter brach aus. Die Einzige, die keine Miene verzog, war die Honigblonde neben Emilia. Neugierig wandte ich mich um und musterte das Pärchen auf der Rückbank. Blonde Haare, quietschegelb und flaumig wie bei einem Küken, beugten sich über eine hellbraune Pferdemähne, die an einem roten Sweatshirt klebte.

Nein! Das war wirklich kein Filmkuss, sondern es schien eher so, als probten sie bereits das Überleben der menschlichen Spezies.

»Na«, McDreamy musterte mich aufmerksam, »neidisch?«

»Quatsch«, erwiderte ich, obwohl es mir doch einen Stich ins Herz gab. Fast hätte ich hinzugefügt: Das hätte ich vor wenigen Wochen auch haben können – und noch mehr.

»Du bist eine von den Neuen, oder?« Emilia drehte sich zu mir und starrte mich neugierig an. »Du bist bestimmt total aufgeregt. Aber keine Sorge, alles halb so schlimm.«

»Ich bin froh, von zu Hause weg zu sein. Etwas Besseres als diese Schule im Nirgendwo kann mir gar nicht passieren.«

Jetzt wandte Emilias Sitznachbarin – war ihr Name nicht Kira – den Kopf. Für einen Moment musterte sie mich. War das Mitleid in ihrem Blick? Mann, hatte sie eine Ahnung, was hinter mir lag? Nein!

Egal!

Ich wurde von einem riesigen Vogelschwarm abgelenkt. Das Krächzen der Raben, die zu Hunderten mit schwarzem Flügelschlag nach unten stürzten, war unangenehm heiser. Im nächsten Moment sammelten sie sich dick und fett auf den Baumspitzen des düsteren Nadelwaldes, an dessen Ende Ravenhorst nun in voller Pracht auftauchte.

Manche Menschen haben Angst in geschlossenen Räumen, andere fürchten sich vor der Höhe, wieder andere sterben beim Anblick von Spinnen.

ICH HASSE VÖGEL!

Und irgendwie war es klar, dass ausgerechnet ein fetter Rabe mitten auf dem Weg hockte, als ich aus dem Bus ausstieg. Er pickte an irgendetwas Ekelhaftem herum.

Nein, ich hasse Vögel nicht, ich fürchte sie.

»Was ist los?« Nikolaj stand direkt hinter mir.

Ich holte tief Luft und machte einen Schritt nach vorne. Der Vogel hüpfte mir auf seinen widerlichen Krallenfüßen entgegen, drehte ganz langsam den Kopf in meine Richtung und sein lauernder Blick traf mich, als hätte er es auf mich abgesehen.

Dann zuckte er zusammen. Ein Stein landete direkt neben seinem Kopf. Der Vogel erhob sich mit aufgeregten Flügelschlägen in die Luft und landete Sekunden später auf dem dunklen Dach des Kirchturms.

»Danke«, sagte ich erleichtert zu Nikolaj. »Aber ich bin mir sicher, er hat sich mein Gesicht gemerkt.«

»Die tun doch nichts«, wunderte er sich über die Panik in meiner Stimme.

»Von wegen! Da oben sitzt er und beobachtet uns.« Unwillkürlich schüttelte ich mich. »Für den Stein wird er sich irgendwann rächen.«

Aber Nikolaj lachte nur. »An die Raben musst du dich gewöhnen. Die sind hier überall!«

Nein, ich war nicht abergläubisch, aber sicher konnte man nie sein. Es gab zu viel zwischen Himmel und Erde, was wir Menschen noch nicht begriffen.

»Die bringen Unglück, weißt du das nicht?«

»Quatsch! Die haben total viel mit uns Schülern hier gemeinsam. Sie sind hochintelligent – wie wir! Sie leben in Gruppen – wie wir! Nächtigen gemeinsam auf ihren Schlafbäumen . . .«

»Wie wir!«

»Du lernst schnell! Und wenn sie verliebt sind, dann ziehen sie sich paarweise zurück – wie wir!«

Mann, dieses Lachen. Da konnte man wirklich alle Prinzipien vergessen!

»ICH hasse Raben, Krähen und überhaupt alle Vögel«, erwiderte ich angewidert. »Sie sind nicht nur kohlrabenschwarz, fett und dreckig, wünschen einem die Pest an den Hals, klauen, krächzen und . . .«

»Kacken?«

»Genau! Und du findest das auch noch cool! Igitt!«

»Solange sie nicht direkt auf meinen Kopf machen.«

»Ich sag doch, sie sind hinterlistig und gemein. Sei lieber vorsichtig. Wahrscheinlich hat er sich auch dein Gesicht gemerkt!«

McDreamy lachte über mich.

Das ging mir durch und durch!

Jule, pass bloß auf!

KAPITEL 2

Auf dem Schulhof ging es zu wie in einem Bienenstock, einem Ameisenhaufen, einem Taubenschlag, kurz: einem Irrenhaus. Im Bus war es klimatisiert gewesen, aber hier draußen herrschte schwüle, klebrige August-Hitze. Ich zog mein Kapuzenshirt aus und hängte es mir über die Schultern.

»Und wie gefällt es dir?« Nikolaj breitete die Arme aus, als gehöre das alles hier ihm alleine.

Ich sah mich um.

Nun, wenn jemand den Film *Im Namen der Rose* gesehen hatte, dann musste man Ravenhorst nicht lange beschreiben: düstere Mauern, hohe Spitzbogenfenster, dunkle Kreuzgänge und Darstellungen von dicken Heiligen aus grauen Steinblöcken gemeißelt.

Ich legte den Kopf in den Nacken. Mein Blick blieb an dem hölzernen Turm auf dem hinteren Kirchendach hängen, in dem nun eine Glocke die Uhrzeit verkündete: vier Uhr.

»Schaurig schön«, antwortete ich auf Nikolajs Frage. »Stell dir vor, da oben zu stehen. Da kann man bestimmt die ganze Welt sehen.«

»Nein! Ganz sicher nicht! Glaub mir, du kannst nicht mal bis Leipzig schauen . . .« Er holte tief Luft und sein Blick bekam einen gespannten Ausdruck. Geradezu sehnsüchtig, als hätte er tatsächlich schon dort oben gestanden.

Nun klatschte Frau Sturm in die Hände und bat um unsere Aufmerksamkeit.

»Alle mal herhören! Bitte wartet, bis das Gepäck ausgeladen ist! Dann gebe ich die Zimmeraufteilung bekannt.«

»Kann ich mit Kira in eine Zelle?«, schrie Emilia, wobei sie sich nach ihrer traurigen, honigblonden Platznachbarin umsah.

»Nein, Emilia«, erklärte Frau Sturm geduldig, »das ist bereits festgelegt. Außerdem sollt ihr die Zimmer nicht Zelle nennen! Das macht den neuen Schülern nur Angst.« Sie klatschte in die Hände. »Alle Neulinge mal herhören!«

Niemand rührte sich.

»He, Novizen, raus aus eurem Versteck!« Ein Mädchen mit hellbraunem Pagenkopf, der aussah, als trüge sie eine Biotüte auf dem Kopf, schrie in die Menge.

»Vielen Dank, Beatrix, aber ich brauche deine Hilfe nicht! Und wir nennen hier auch niemanden Novizen. Wir sind ein modernes Internat und keine Klosterschule.« Supernanny schob die Papiertüte energisch zur Seite. »Also, geradeaus seht ihr den Schultrakt, wo sich im unteren Bereich Küche und Speisesaal befinden. Abendessen gibt es nach der Begrüßungsfeier durch den Direktor um Punkt achtzehn Uhr. Habt ihr verstanden? Punkt achtzehn Uhr! In den Häusern rechts von uns liegen die Schlafräume für die Jungen, in den Gebäuden hinter uns befinden sich die Mädchenzimmer.«

»Ihh! Hilfe! Bloß kein Kontakt zum anderen Geschlecht«,

rief jemand von links. Ein mittelgroßer blonder Junge, der seinen Tennisschläger permanent gegen die Hand schlug und anzüglich grinste.

»Das ist Bastian, auch Womanizer genannt. Am besten du ignorierst ihn, außer du möchtest seinem Charme und dem guten Aussehen erliegen. Oder ihn für seine sportliche Figur bewundern«, flüsterte Nikolaj.

»Nein, danke!«

In diesem Moment kam direkt neben uns ein BMW zum Stehen, aus dem nun Mama, Papa und zwei Mädchen in identischen weißen Hosen, geringelten T-Shirts und roten Strickjacken ausstiegen. Die Jüngere von beiden sah total verheult aus. Immer wieder wischte sie sich mit der Hand den Rotz in die braunen Flusenhaare, die aussahen wie die Wollmäuse, die meine Mutter mit dem Staubsauger jagte.

Ihr Vater ging um den Wagen herum und öffnete den Kofferraum. Ich registrierte eine Sporttasche, drei Koffer, einen CD-Player, Tennisschläger und einen riesigen Korb mit Essensvorräten.

»Hör endlich zu flennen auf, Sonja«, fuhr er seine Tochter an. »Das ist doch wirklich schön hier! Der ideale Ort zum Lernen! Mitten in der Natur! Kein Autolärm! Keine Abgase! Mann, ich würde wer weiß was dafür geben, wenn es in meinem Büro so ruhig wäre. Und du, Patrizia«, wandte er sich an die Ältere der beiden, »wäre das nicht auch was für dich?«

»Ich bin doch nicht die, die lernbehindert ist.«

Inzwischen weinte Sonja nicht mehr, sie schluchzte und stolperte zu allem Überfluss über die Tennisschläger.

»Tollpatsch wie immer!«, murmelte Patrizia, während ihre Mutter aufschrie: »Mein Gott, Schätzchen, die neue weiße Hose!«

Oh Gott, wie peinlich!

Mann, lieber hätte ich mich mit der Post schicken lassen, als dass meine Eltern mich hier persönlich abgaben.

»Achtung«, Nikolaj tippte mir auf die Schulter. »Jetzt kannst du Big Mama kennenlernen.«

Eine große Frau mit schneeweißen Haaren, gekleidet in ein dunkelgraues Kostüm, das mich an unsere Schuluniform erinnerte, drängte sich ungeduldig an uns vorbei: »Bitte, Kinder, lasst mich doch durch!«

»Big Mama?«

»Frau Schüler, die Konrektorin. Aber wir nennen sie nur ›Big mama is watching you‹ oder kurz Big Mama.«

Big Mama übernahm sofort das Regiment, indem sie Frau Sturm die Namensliste aus der Hand riss.

»Bitte Ruhe! Alle mal herhören! Mein Name ist Schüler . . . Frau Schüler. Ich bin verantwortlich für die Organisation in Ravenhorst.« Ihre grauen Stöckelschuhe klackten nervös auf dem Steinfußboden. Bei jedem Wort, das sie sagte: »So . . .«, klack, »jetzt lese ich eure Namen vor . . .«, klack klack, »und ihr begebt euch mit eurem Gepäck zu euren Zimmern.«

Klack, klack, klack.

»Entschuldigung«, Sonjas Mutter trat zu der Gruppe.

»Ja, Frau . . .?«

»Winter!«

»Wie kann ich Ihnen helfen?«

»Gibt es hier einen Gepäckträger?«

»Wie bitte?« Big Mama sah ziemlich verdutzt aus ihrer strahlend weißen Bluse.

»Wir bräuchten jemanden, der meiner Tochter das Gepäck aufs Zimmer bringt.«

Die alten Mauern hallten wider von dem Gelächter, das nun einsetzte. Sogar Frau Sturm konnte ein Lächeln nicht unterdrücken, als sie kopfschüttelnd erklärte. »Darum muss sich Ihre Tochter schon selbst kümmern.«

Dagegen schaute Frau Schüler sich unter den Schülern um. Ihr Blick blieb an dem erstbesten Jungen hängen, und zwar an Bastian, dem Womanizer. »Bastian, bitte hilf doch . . . wie ist dein Name?«, fragte sie die Heulsuse.

»Sonja. Sonja Winter.« Schluchz! Schnief!

»Hilf doch Sonja mit dem Gepäck.« Frau Schüler checkte ihre Liste. »Sie ist mit Emilia im Zimmer 211.«

»Klar doch«, meinte Bastian. »So wie die aussieht, verläuft sie sich sonst in dem alten Bunker hier und wird erst am Ende des Schuljahres gefunden.« Er verdrehte die Augen und tat so, als würde er zu Boden sinken. »Vermodert in irgendeinem der schaurigen Verliese neben den bleichen Gerippen toter Mönche.«

Wieder Gelächter.

Sonjas Gesicht wurde so mädchenhaft rosa, als ginge die Sonne am Morgen auf.

»Ja, ja«, meinte Frau Sturm, »wir wissen alle, wie witzig du sein kannst, Bastian.«

Frau Schüler dagegen fuhr mit der Organisation fort. »Und nun die Zimmeraufteilung. Nikolaj . . . Jungenhaus links, erster Stock, dein Zimmernachbar ist Michael wie letztes Jahr. Juliane Sanders?«

Aufgeregt trat ich nach vorne.

»Erster Stock, Zimmer 213, zusammen mit Margit . . .« Frau Schüler runzelte die Stirn und wandte sich an Frau Sturm. »Das war doch laut Plan ganz anders. Kira sollte mit Margit zusammenwohnen wie im letzten Jahr!«

»Kira hat mich darum gebeten, zu Johanna ziehen zu dürfen!«

»Warum das denn?«

»Sie haben sich offenbar angefreundet.«

»Wo ist Kira überhaupt?« Frau Schüler blickte sich nervös um. »Ihre Großmutter hat angerufen, sie würde ebenfalls mit dem Bus kommen.«

»Ja, ja, sie muss hier irgendwo sein«, beruhigte Frau Sturm die Konrektorin. »Sie ist vorhin mit mir zusammen ausgestiegen.«

»Immer diese Extrawürste . . .«

»Aber Sie wissen doch . . .« Frau Sturm warf Frau Schüler einen eindringlichen Blick zu.

»Also meinetwegen . . .«, gab diese schließlich nach, schaute auf die Liste und wiederholte ungeduldig meinen Namen. »Juliane Sanden?«

Ich hob die Hand.

»Dann wohnst du also bei Margit, Mädchenhaus, zweiter Stock links, Zimmer 213, neben dem von Emilia und Sonja. Margit ist schon oben. Und bitte trag dein Gepäck selbst hoch.«

Ich nickte, während Nikolaj von dem langhaarigen Jungen von der Rückbank begrüßt wurde, der so heftig herumgeknuscht hatte. »Hi Nick!«

»Hi, Indi! Kennst du Jule schon? Sie kommt in unsere Klasse!«

Indi nickte mir zu und wollte mir gerade die Hand reichen, als sich seine Freundin zwischen uns schob, ein Mädchen in knallengen Jeans und weißem T-Shirt. Ein Stück braun gebrannter Taille war zu sehen und knallpink lackierte Zehennägel schauten unter dem Saum ihrer Jeans hervor.

Sie war perfekt gestylt und hatte die Maße, auf die ich vergeblich hoffte: 85 D, 60, 90. Manche Menschen waren einfach Lieblinge der Götter, obwohl ich auf den Kükenflaum auf ihrem Kopf, der mir schon im Bus aufgefallen war, hätte verzichten können.

»Hi!« Sie musterte mich ohne Hemmungen. »Hast du ein Stipendium?«

Was denn? Sah man mir das an? Hatte ich einen Fleck auf der Hose, ein Loch im Schuh, einen Pickel im Gesicht? Doch sie wartete meine Antwort nicht ab, sondern wandte sich Nikolaj zu. »Na mein Prinz, auch wieder zurück im Knast? Wie waren die Ferien mit drei kleinen Schwestern?«

»Was soll ich sagen, Pink! Auf keinen Fall langweilig und ganz bestimmt laut!«

Ihre Stimme rutschte nach oben, als sie flötete: »Willst du mir nicht auch mit meinem Gepäck helfen? Vielleicht kommt das jetzt hier in Mode, dass die Jungs unsere Koffer tragen.«

»Uns bricht kein Zacken aus der Krone, wenn wir den Neuen helfen«, meinte Nikolaj schulterzuckend.

»Nur dass ich im Unterschied zu dir keine Krone besitze, mein Prinz!« Sie beugte sich zu ihm, küsste ihn auf den Mund und war im nächsten Moment verschwunden. Unwillkürlich musste ich nach Luft schnappen. Die ließ ja offenbar gar nichts anbrennen. Und einen Keuschheitsschwur schien sie auch nicht abgelegt zu haben. War sie jetzt nun mit diesem Indi zusammen? Oder wollte sie etwas von Nikolaj? Bei ihrem Aussehen und ihrer Figur konnte sie sich wahrscheinlich die Jungs aussuchen. Brennender Neid überkam mich.

»Pink, wie sie leibt und lebt«, murmelte Indi. Die Szene schien ihm peinlich zu sein. »Hast du übrigens Kira gesehen?« Unwillkürlich blickte ich mich nach der Honigblonden aus dem Bus um, doch ich konnte sie nirgends entdecken.

»Keine Ahnung, wo sie ist«, sagte jetzt auch Nikolaj.

Indi zögerte kurz, als wollte er etwas sagen, aber dann fiel sein Blick auf mich und er blieb stumm. Offenbar erschien ich ihm nicht vertrauenswürdig. »Okay, wir sehen uns in unserem Zimmer!«

Die beiden nickten sich zu und Indi folgte dem Mädchen mit dem seltsamen Namen Pink, das ein paar Meter entfernt mit verschränkten Armen auf ihn wartete.

»Warum er Indi heißt, kann ich mir ja denken, aber Pink? Ihr richtiger Name ist Nora, oder?«

»Schau dir das nächste Mal ihren Nagellack an.«

»Sind hier alle so . . .«

»Durchgeknallt?« Er lachte. »Dann warte erst einmal ab, bis du deine Zimmernachbarin kennenlernst.«

»Warum?«

»Wirst du schon sehen. Aber denk dir nichts dabei. Sie ist okay. Nur, du musst verstehen, mit der Zeit wird man hier ein wenig irre. Das bringt das Leben hinter Mauern so mit sich. Und gewöhn dich lieber auch gleich dran, dass hier jeder einen Spitznamen verpasst bekommt. Das war schon immer so beim Eintritt ins Kloster. Man lässt die Welt draußen und die Vergangenheit hinter sich.«

»Genau das, was ich brauche«, erklärte ich.

Bildete ich mir das ein oder warf mir McDreamy einen anerkennenden Blick zu?

Nun, man kann gegen mich sagen, was man will, aber ich bin ein Mädchen, mit dem man Pferde stehlen kann. Nur leider bemerken die Jungs das nicht. Denn üblicherweise bevorzugen Männer heutzutage Autos statt Pferde.

KAPITEL 3

Meine Zelle entpuppte sich als ein überraschend großes helles Zimmer mit alten Holzdielen, zwei Kieferschränken, zwei Schreibtischen, zwei Betten und einem idyllischen Blick direkt auf den nahe gelegenen Wald. Gar nicht mal so schlecht!

Auf dem Bett links saß ein Mädchen mit rotem Lockenkopf. Stöpsel im Ohr, war sie voll darauf konzentriert, ihre Zehennägel zu schneiden. Schnipsel flogen durch die Luft und landeten auf dem Bett und dem Boden.

Nicht gerade hygienisch!

Zusammen mit Nikolajs Bemerkungen wirkte die entschlossene Art, mit der diese Margit ihre Nägel schnitt, ziemlich beunruhigend. Kein Wunder, dass Kira eine andere Zimmernachbarin vorzog.

Ich blieb einige Minuten in der Tür stehen, doch sie reagierte nicht. Aber sie wusste, dass ich hier stand. Da war ich mir vollkommen sicher.

Ich warf den Koffer auf das freie Bett rechts, drehte mich um, ging auf sie zu und streckte ihr die Hand entgegen. »Hallo!«

Immerhin nahm sie die Kopfhörer ab, doch nur, um mich anzumeckern.

»Das nächste Mal klopfst du! Auch wenn du hier wohnst, sollten wir doch einige Regeln der Höflichkeit beachten.

Ich liebe keine Überraschungen. Da ich hier praktisch seit drei Jahren lebe, hast du das Bett dahinten. Der große Schrank vorne ist meiner, ebenso wie der Schreibtisch unterm Fenster. Ich bin ziemlich unordentlich, aber es ist nicht dein Job, mich diesbezüglich zu maßregeln. Wenn du die Absicht hast, mich anzuschwärzen, weil ich heimlich rauche, mitten in der Nacht telefoniere oder einer der Jungs mich besucht, dann spuck es lieber gleich aus. Wie gesagt, Überraschungen sind nicht mein Ding. Ich weiß gerne Bescheid, mit wem ich es zu tun habe. Und ich brauche auch niemanden, der sich die Augen nachts ausheult, weil er sich vor Liebe verzehrt – wie deine Vorgängerin.«

Sie schwang sich vom Bett, begutachtete kurz ihre Nägel und zog dann mit der rechten Hand jeweils das rechte, dann das linke Bein hoch, als würde sie zusammenklappen. Mann, war dieses Mädchen gelenkig!

»Okay, wenn das geklärt ist, dann können wir uns gegenseitig vorstellen. Ich bin Meg und du?«

Ich starrte auf den Zettel in meiner Hand. »Ich soll mit einer Margit zusammenwohnen.«

»Möchtest du im 21. Jahrhundert Margit heißen?«

»Nein.«

»Dann nenn mich Meg wie jeder hier . . . und dein Name?«

»Jule.«

Sie griff nach einem Sprungseil, das am Fenstergriff hing, und begann, vor meinen Augen auf und ab zu hüpfen. Der schwarze Jogginganzug von Nike, den sie trug, war eine Nummer zu groß, das T-Shirt darunter so weit ausgeschnitten, dass ich den gebräunten Brustansatz nicht übersehen konnte. Manchmal ist meine Seele dunkel, ja geradezu schwarz vor Boshaftigkeit. Ha! Dieses Mädchen war so flach, so platt – selbst der kleinste BH bliebe leer.

»Okay Jule, woher kommst du?«, fragte sie, ohne mit dem Springen aufzuhören.

»Aus der Nähe von Leipzig.«

»Leipzig?«, sagte sie und äffte dabei perfekt den sächsischen Dialekt nach. »Keine Sorge, ich habe nichts gegen Mauerblümchen und Landpomeranzen, außer du benimmst dich so. Ich nehme an, du hast ein Stipendium, bist also eine von den Superschlauen, so eine Intelligenzbestie mit einem IQ, der alle Rekorde schlägt. Ein Lehrerliebling.«

»Ich . . .«

»Aber auch das stört mich nicht, solange du mich in Ruhe lässt, mich nicht zum Lernen aufforderst, Formeln an die Wand pinnst, nachts Vokabeln im Schlaf murmelst und Lerngruppen hierher einlädst.«

»Werde ich nicht . . .«

»Dann«, meinte Meg und hörte mit dem Springen auf, »werden wir miteinander auskommen. Ich ignoriere dich und du störst mich nicht.«

Das war ganz und gar nicht so, wie Mammi sich das vorgestellt hatte.

Um sich selbst zu beruhigen – ICH machte mir schließlich keine Sorgen –, hatte sie mir die letzten Tage mindestens hundertmal erklärt: »Gott sei Dank bist du nicht allein in einem Zimmer. Da ist noch ein Mädchen, das wird dir helfen, du kannst sie fragen, wenn du etwas nicht verstehst. Da hast du gleich eine Freundin!«

Besser, ich erzählte ihr nichts von Meg, wenn sie sich am Telefon nach meiner Zimmergenossin erkundigte.

Automatisch griff ich nach dem Handy, um zu sehen, ob sie nicht inzwischen schon hundertmal angerufen hatte.

Meg warf dem Telefon in meiner Hand einen misstrauischen Blick zu. »Kaum hier und du erwartest schon einen Anruf? Da gibt es nur zwei Möglichkeiten: entweder dein Freund – oder . . .«, sie zog spöttisch eine Augenbraue in die Höhe, »die besorgte Mama. Egal, am besten, du legst gleich ein Schweigegelübde ab. Was hier in diesen Mauern passiert, geht draußen niemanden etwas an.«

Mein Handy meldete fünf Anrufe. Ich rief die Mailbox auf.

Meg packte ihren Waschbeutel und ein Handtuch.

»Dein Freund?«

Den Hörer am Ohr, schüttelte ich energisch den Kopf.

»Also Mami!«

Seufzend nickte ich.

Sie stieß verächtlich Luft aus.

Per mortes eorum vivimus.

Der Spruch prangte über dem mächtigen Eingangsportal, umrahmt von in grauen Stein gehauenen Vögeln, die auf den Schultern eines Heiligen saßen.

Per mortes eorum vivimus.

Wir leben für die Toten.

Ich schritt den Gang entlang und stellte mir vor, dass die Steinplatten seit Jahrhunderten von den Füßen unzähliger Mönche und Kirchgänger blank gescheuert worden waren. Durch die hohen schmalen Fenster fielen Sonnenstrahlen und strahlten dunkle Fresken an. Kalt und ungemütlich war es hier im Innern der Kirche, die nun als Aula diente, dennoch fühlte ich mich wie erschlagen. Nicht nur von dem gigantischen Deckengewölbe, sondern auch von der Menge von Schülern, die nun in ihren Uniformen in den Saal strömten. Hunderte von Stimmen vermischten sich mit den schrillen Klängen des Orchesters, das vorne auf der Bühne die Instrumente stimmte.

Meine schwarzen Kniestrümpfe kratzten.

Die schwarzen Lackschuhe am großen Zeh drückten.

Und die neue weiße Bluse fühlte sich so störrisch an, als hätte sie etwas gegen mich.

Dennoch dachte ich nur: Super! Einfach super!

Wozu hatte ich schließlich wochenlang an der Tankstelle gejobbt? Doch nur um mir dieses Outfit in dreifacher Ausführung leisten zu können!

»Zu Hause«, hatte Mammi gesagt und sich die grauen Haare gerauft, »zu Hause hast du es doch so bequem!«

»Klar, Mammi, aber bequem – das ist nicht das, was ich mir vom Leben wünsche!«

»He, du stehst im Weg!« Im nächsten Moment erhielt ich von hinten einen Stoß in den Rücken und stolperte einige Schritte nach vorne. An mir vorbei drängte sich ruppig eine Gruppe jüngerer Schüler.

Hinter ihnen erschien Pink. In der Schuluniform hätte

ich sie fast nicht erkannt. Sie war in Begleitung von Miss Pagenkopf, dem Mädchen, das aussah, als hätte sie eine Papiertüte auf dem Kopf. Wie war ihr Name? Beatrix!

Ich nahm allen Mut zusammen. »Hallo . . . Nora . . .«

»Wage es nicht, mich jemals mit diesem Fuck-Namen anzusprechen, den meine Mutter mir verpasst hat. Ich bin Pink, okay! Das wirst du dir wohl merken können.«

»Entschuldige, Pink, gibt es hier eine feste Sitzordnung? Oder wo soll ich mich hinsetzen?«

»Auf deinen Hintern, da ist Platz genug«, erklärte die Papiertüte.

»He Trixie, pass auf, die steht unter dem persönlichen Schutz des Prinzen«, erklärte Pink.

»Ehrlich?« Trixie musterte mich neugierig.

»Du weißt doch«, Pink grinste. »Nikolaj steht auf unschuldige Novizinnen.«

Die beiden lachten und Trixie deutete nach links. »Da vorne, sechste Reihe links, sitzen die Zehntklässler. See you later!« Sie winkten mir zu.

Ich ging den Gang nach vorne und schob mich links in die sechste Reihe.

Grölendes Gelächter.

»Aha, da steht jemand auf uns!«

»Genau, die ist sexsüchtig.«

Scheiße, die beiden hatten mich hereingelegt. Auf der linken Seite saßen ausschließlich Jungs. Es dauerte eine Weile, bis ich in dem grauen Anzug neben mir Bastian, den Womanizer, erkannte und daneben Indi, der nervös an der Nagelhaut seines Daumens kaute. Danach folgte ein Junge, der mit seiner Größe die ganze Reihe überragte. Seine langen, schlaksigen Glieder wirkten zu seinem kleinen Kopf irgendwie seltsam und die Baseballmütze auf dem Kopf ließ den grauen Schulanzug lächerlich wirken.

Ich spürte, wie sie mich unter die Lupe nahmen, um den ultimativen Bodycheck bei mir durchzuführen. Ein Nacktscanner war nichts gegen Bastians kritische Blicke: Bauch, Beine, Po. Und das Resultat war sonnenklar – ich fiel durch!

»He, Danny«, rief er dem Jungen mit der Mütze zu. »Die kannst du geschenkt haben. Ich mag keine Bohnenstangen. Außerdem ist mein Herz bereits vergeben!« Er winkte Trixie auf der anderen Seite zu, die mich spöttisch angrinste. Sie machte gerade Meg Platz, die sich ans Ende der Reihe schob und sich augenblicklich in ein Buch vertiefte.

»Aber vielleicht ist die Bohnenstange was für unseren Kurzen hier.« Danny stieß seinen Nachbarn auf der linken Seite in die Rippen. Ein Junge mit Segelohren, der mindestens fünfzehn Zentimeter kleiner war als ich. »Das wäre eine sportliche Herausforderung bei dem Größenunterschied, oder Fledermäuschen, unser süßes Batbaby?«

»Lass mich in Ruhe«, murmelte der Junge und lief knallrot an.

»Ich glaube, Jule, du musst auf die andere Seite.« Nikolaj schob sich neben mich. »Die nehmen hier die Geschlechtertrennung verdammt ernst.«

»Na ja«, sagte ich, um Coolness bemüht, »einen Versuch war es wert.«

Ich schob mich an Nikolaj vorbei, der seine Krawatte gerade zog, überquerte den Gang, wo ich neben der anderen Neuen – Sonja – Platz nahm. Sie hing blass auf ihrem Stuhl, die Hände so fest ineinander verkrallt, dass ich mir echt Sorgen machte, ob sie die Finger je wieder auseinanderbekam.

»Gott sei Dank«, murmelte sie, »ist mir das nicht passiert.«

»Ich habe damit kein Problem«, erwiderte ich. »Das sind nur die üblichen Spiele für die Neuen. Und Jungs geben nun mal gerne die Bad Boys. Nicht weil sie uns hassen, sondern weil sie uns zu sehr lieben, verstehst du.«

»Ehrlich?« Sie sah mich mit ihren großen blauen Augen an.

»Klar, das wusste doch schon Mister Freud!« Ich grinste ihr zu, aber ich hatte nicht den Eindruck, dass sie kapierte, wovon ich sprach. Stattdessen gingen ihre Blicke immer wieder hinüber zur Jungenseite, und als Bastian ihr zuwinkte, lief sie rot an.

»Ruhe! Ich bitte um Ruhe!« Frau Schüler stand vorne und bemühte sich vergeblich, Ordnung im Saal zu schaffen. Doch das Gemurmel, Kichern, Husten erstarb erst, als Direktor Sattler würdevoll im schwarzen Anzug die Aula betrat und nach einer kurzen musikalischen Einlage des Streichorchesters mit ernster Miene seine Begrüßungsrede startete.

»Leistung hat ein Zuhause. Und dieses Zuhause heißt in Zukunft für euch Ravenhorst. Mit dem Besuch dieser Schule seid ihr für euren persönlichen Weg ins Leben gut gerüstet. Hier erhaltet ihr die einmalige Chance, eure persönlichen Grenzen zu testen und zu erweitern. Teamwork und Eigenverantwortung sind unsere Prinzipien. Wir legen deshalb viel Wert auf ein friedliches Miteinander, voller Verständnis und . . .«

Ein lauter Knall unterbrach seine Rede.

»Was zum Teufel . . .?« Herr Sattler starrte zornig nach hinten.

Wir alle wandten den Kopf.

Direkt im Eingangsportal stand ein Junge, nicht älter als zwölf. Er war zerzaust und verschwitzt und konnte sich kaum auf den Beinen halten. Auf den hellen Schuhen und am Saum seiner Anzughose waren dunkle Flecken zu sehen. Als sei er ausgerutscht. Sein Gesicht war leichenblass.

Ein paar Herzschläge lang herrschte vollkommenes Schweigen, dann schnitt die ungehaltene Stimme des Direktors durch die Stille.

»Wie ist dein Name?«

»Kevin.«

»Und weiter?«

»Kevin Müller.«

»Und, Kevin, hast du eine Entschuldigung für dein Zuspätkommen?«

Die Augen des Jungen waren vor Entsetzen weit aufgerissen. »Dort draußen . . .«

»Wie bitte?«

»Dort draußen . . .«

»Du wiederholst dich . . .«

Im Saal hörte man Laute der Verwunderung, der Unsicherheit und die meisten schafften es nicht, ein Lachen zu unterdrücken.

Kevin versuchte, zu Atem zu kommen. »Im Kreuzgang ... vor der Kirche ...«, stotterte er und dann brach er in Tränen aus.

Das Mikrofon quietschte, als der Direktor ungeduldig dagegenstieß.

Es war Frau Sturm, die als Erste reagierte. Sie erhob sich und lief den langen Flur nach hinten. Doch noch bevor sie den Jungen erreichte, breitete sich im Schritt seiner Anzughose ein dunkler Fleck aus.

»Oh Gott, der pinkelt sich selbst an«, schrie Trixie auf. »Wie peinlich!«

Gelächter verbreitete sich im Raum und die hohen Wände der Kirche gaben es als Echo wieder.

Frau Sturm ließ sich neben Kevin in die Hocke sinken und legte ihm den Arm um die Schultern.

Etwas stimmte hier nicht. Mir wurde mulmig zumute. Kevin wirkte, als würde er jeden Moment umkippen, so bleich sah er im düsteren Licht der Kirche aus. Was war geschehen?

Sekunden vergingen, bis er wieder Luft holte und laut schrie: »Blut! Überall! Blut!«

Blut?

Wovon sprach er?

Und dieses Schluchzen, das aus ihm herausbrach. Er bekam kaum Luft, als er immer und immer wieder rief: »Blut. Alles voller Blut!«

Was meinte er damit?

War das Blut auf seiner Hose, an seinen Schuhen? Ich starrte ihn an. Wir alle starrten ihn an und ich wunderte mich, woher er überhaupt die Kraft nahm fortzufahren. »Sie liegt vor der Kirche und ich glaube ... ich glaube, sie ist tot!«

Mein Mund war staubtrocken und mein Herz – es musste einfach stehen geblieben sein. Ich spürte es nicht mehr. Eine unerklärliche Angst durchzuckte mich.

Ein Irrtum, bestimmt war es einfach ein Irrtum.

KAPITEL 4

Eine Ewigkeit lang passierte nichts. Und dann alles gleichzeitig. Das Klacken von Big Mamas Schuhen, die nun den langen Gang nach vorne eilten, klangen nicht mehr lustig auf den mittelalterlichen Steinplatten, sondern grausam.

Neben mir schluchzte Sonja. Es hörte sich an wie eine Mischung aus Schluckauf, Atemnot und dem aufdringlichen Gekläffe eines neurotischen Pudels. Ich dachte, diesmal hatte sie wenigstens einen Grund. Trixie kicherte hysterisch und Pink – ihren Gesichtsausdruck konnte ich nicht deuten.

Ich wandte den Kopf nach links. Aus den Reihen der Jungs stieg unterdrücktes Gemurmel. Mein Blick traf Nikolaj, der nachdenklich den schluchzenden Kevin musterte, als müsse er eine Entscheidung fällen.

Was war passiert?

Auf allen Gesichtern zeichnete sich diese Frage ab und für einen Moment schien alles möglich: vom harmlosen Schulstreich bis zum Amoklauf.

Dann hörte das Klackern abrupt auf. Frau Schüler war bei Frau Sturm angekommen, die nun neben dem Jungen kniete und beruhigend auf ihn einsprach. Nach einigen Sekunden erhob sie sich, wandte sich um und warf in Richtung Lehrer einen dieser Erwachsenenblicke: Ich glaube, da stimmt etwas nicht. Bitte die Schüler ablenken!

Doch als sie sich umwandte, um aus der Aula zu eilen, war der Saal in völligem Aufruhr.

Stühle kippten, Stimmen wurden laut: »Das muss ich sehen!«

Ich wurde zur Seite gestoßen.

Pink und Trixie drängten vorbei, um hinaus auf den Hof zu stürmen.

Vergeblich versuchten die Lehrkräfte, für Ruhe zu sorgen. Sie hatten keine Chance. Ich ließ mich von der Menge mitreißen und einige Minuten später gelangte ich nach draußen.

Das Erste, was ich wahrnahm, waren schwarze Vögel. Sie kreisten am Himmel, der sich plötzlich zugezogen hatte, und krächzten laut. Kein gutes Zeichen. Es überlief mich eiskalt.

Dann bemerkte ich die Menschenmenge, die sich links vor dem Kreuzgang versammelte.

»Einen Krankenwagen, wir brauchen einen Krankenwagen«, schrie jemand.

»Die braucht nur noch 'nen Priester«, murmelte Danny neben mir.

Bastian schob sich durch die Menge zu uns. Er war blass und seine Stimme flatterte, als er flüsterte: »Platt wie 'ne Flunder.«

Was war passiert? Ich konnte nicht anders. Ich schlängelte mich durch die Menge, bis ich vorne angekommen war. Jemand sagte: »Das ist eine aus der Zehnten!«

Aus den Augenwinkeln sah ich Frau Sturm und dann die Fliegen, die etwas auf dem Pflaster umkreisten. Sie kamen von überall und stürzten sich auf eine rote Pfütze am Boden.

Blut!

Eine riesige Blutlache.

Ich konnte den Blick nicht abwenden. Meine Augen verfolgten entsetzt, wie sich eine Fliege dem blassen Gesicht des toten Mädchens näherte. Wie sie kurz innehielt und schließlich langsam auf der weißen Stirn landete, um ... nein, ich wollte es mir nicht vorstellen.

Aber das Schlimmste, das Allerschlimmste kam erst.

Selbst aus direkter Nähe hatte ich den Eindruck einer undefinierbaren Masse und nur mit voller Konzentration erkannte ich den nach oben verdrehten Arm, der sich um den Kopf zu winden schien, als wolle er ihn schützen.

Aber da war kein Kopf mehr. Kira hatte kein Gesicht mehr. Und keine Haare – sie oder jemand hatte ihre honigblonde Mähne abgeschnitten.

Und trotz allem, obwohl ich das alles sah, mein Verstand die Einzelheiten aufnahm, zählte ich die Sekunden, wartete darauf, dass sie sich rührte, aufstand, die Kleider richtete und sagte: »Nichts passiert.«

Aber nichts dergleichen geschah! Wie auch?

Kiras einst blaue Augen waren zu schwarzen Höhlen geworden, zu unheimlichen Türen, die in ein Inneres führten, das ein Geheimnis verbarg.

»Die ist tot!« Sonjas Stimme – plötzlich neben mir – war nur noch ein Wimmern. »Meinst du, sie ist gesprungen? Von dort oben?« Sie starrte zu dem hölzernen Glockenturm auf dem hinteren Teil des Kirchendaches.

Jemand war tot, den ich kannte, wenn auch nur flüchtig. Ich sah Kira vor mir, mit ihrer langen blonden Haarmähne und wie sie im Bus so überirdisch ernst aus dem Fenster gestarrt hatte. Ihr mitleidiger Blick, als sie mich dann angesehen hatte.

Hatte Kira in diesem Moment bereits gewusst, was sie tun würde? Konnte man mit solchen Gedanken im Kopf so ruhig bleiben? Würde man nicht schreien? Um sich schlagen?

Ich glaube, mir würde es so gehen. Nein, ich weiß es.

Geflüster setzte ein. Wie ein plötzlicher Windstoß fuhr es durch die Menge und verbreitete die Nachricht. Tot! Ein Unfall! Nein! Sie ist gesprungen!

Ich sah mich um und versuchte, den Sätzen Gesichter zuzuordnen.

Trixie und Pink klammerten sich aneinander und hielten sich an den Händen. Hinter ihnen Danny, Bastian und Indi. Letzterer hatte die Arme verschränkt, die Hände unter die Achseln gesteckt und hielt den Kopf gesenkt. Und ganz hinten, unter dem Ahornbaum, lehnte Meg und steckte sich eine Zigarette an. Sie starrte in den Himmel, als erwarte sie jeden Moment den ersten Blitz. Aus der Ferne schien es, als ob sie am ganzen Körper zitterte.

Ich ging zu ihr hinüber.

»Es ist Kira, oder?« Sie nahm einen tiefen Zug.

Ich nickte.

»Wie sieht sie aus?«

»Schau selbst.«

Sie schüttelte entschieden den Kopf. Wieder nahm sie

einen Zug, lachte kurz auf – mir lief ein Schauer über den Rücken – und dann flüsterte sie etwas, so leise, dass ich nicht sicher war, ob ich es richtig verstand: »Diese Idiotin. Diese gottverdammte Idiotin! Das hat keiner gewollt!«

Ich wollte sie fragen, was sie damit meinte, doch nun lief eine der jüngeren Lehrerinnen durch die Reihen. »Geht zurück in die Aula! Hier gibt es nichts zu sehen!«

»Sie wollen wieder einfach zur Tagesordnung übergehen.« Meg warf die Zigarette auf den Boden und trat sie aus. »Wie immer!«

»Wer ist das?«

»Sport. Krassnitzer. Hat durchgesetzt, dass hier an der Schule Sport als Versetzungsfach gilt. Weißt schon. Mens sana in sana corpore.«

»Mens sana in corpore sano«, verbesserte ich automatisch.

»Egal. Jedenfalls gehört sie zur Partei Gesunder Geist in gesundem Körper. Körperliche Betätigung an frischer Luft. Ich mag Sport, aber die Krassnitzer ist *worst case* für Sportmuffel. Was ist mit dir, bist du sportlich?«

Ich zuckte mit den Schultern. »Geht so«, sagte ich automatisch. Nicht nur die Lehrer, auch Meg schien zur Tagesordnung überzugehen.

Langsam leerte sich der Schulhof. Nur noch die älteren Schüler blieben und mir fiel etwas auf. »Niemand weint. War sie nicht beliebt?«

Meg zuckte mit den Schultern. »Sie war sensibler, als gut für sie war. Und die anderen hatten sie auf dem Kieker, weil sie auf ein Stipendium angewiesen war.«

»Versteh ich nicht.«

»Das ist doch klar. Sie war das Aschenputtel, Cinderella, verstehst du. Klar, die Lehrer lieben Typen wie dich und Kira. Ihr seid freiwillig hier, aber das ist nicht bei allen so. Schon gar nicht bei den Schülern, deren Eltern zu viel Kohle haben, wie bei Pink. Die müssen ins Internat, weil man ihnen hier das Wissen in den Arsch schiebt. Oder weil ihre Eltern sie einfach nur los sein wollen. Und manche hätten besser erst gar keinen Nachwuchs in die Welt gesetzt, weil sie nämlich gar keine Zeit haben, wie . . .«

Meg brach ab und starrte über meine Schulter. Ich drehte mich um. Nikolaj überquerte den Schulhof. Im Gehen streifte er die graue Anzugjacke seiner Uniform ab.

»Was hat er vor?«, fragte ich.

Aber Meg antwortete nicht. Ihr Blick folgte ihm wie gebannt, als er, ohne nach rechts oder links zu sehen, direkt auf die reglose Gestalt am Boden zulief.

Nun stand er vor Kira. Einer der Lehrer versuchte, ihn zurückzuhalten, doch er schüttelte die Hand einfach ab, bückte sich, sah Kira einige Minuten an, strich mit den Fingerspitzen über ihre Augen und dann breitete er vorsichtig, fast zärtlich, seine Jacke über ihr Gesicht. Anschließend ging er ruhig zurück Richtung Aula.

Das Wunder war, der größte Teil der Schüler folgte ihm.

Er hat das einzig Richtige getan, dachte ich und mein Herz begann zu flattern. Ganz sacht, aber ich konnte es nicht ignorieren. Und ich hätte es genossen, wäre da nicht eine bohrende Frage gewesen. Warum hatte Nikolaj das gemacht?

»Mann, Nikolaj«, Megs Stimme klang bitter. »Würdest du in einem Roman vorkommen, echt, ich würde das Buch unter mein Kissen legen und jede Nacht darauf schlafen.«

KAPITEL 5

Die erste Nacht in Ravenhorst hatte ich mir anders vorgestellt: Mit der Angst, die mein Herz umklammerte, hatte ich nicht gerechnet.

Vergeblich versuchte ich, Kiras Bild loszuwerden. Es war nicht einfach, vor allem nicht, weil ich mir immer wieder vorstellte, wie sie im Waschraum stand und in den Spiegel starrte. Dort nämlich hatte man inzwischen die Überreste ihrer Haarmähne entdeckt, einen ganzen Berg honigblonder Haare in einem Waschbecken. Daneben eine Schere.

Ebensowenig, wie ich diese Bilder verdrängen konnte, gelang es mir, das dumpfe Geräusch zu ignorieren. Es passte eindeutig nicht in meinen Traum. Einen Traum, in dem ich mich mit sechs schwarzen Vögeln in den Himmel erhob, um auf einem der Türme von Ravenhorst zu landen.

Es war eine Art Klopfzeichen – lang, lang, kurz – und es ließ mich schweißgebadet aus dem Schlaf schrecken. Schweißgebadet, weil ich mich als Rabe von der Höhe des Glockenturmes in die Tiefe stürzte, um als Jule auf dem Pflaster aufzuschlagen. Fliegen umkreisten meinen Kopf, ließen sich in meinen Augen nieder . . . Wenn ich sie aufschlug, würden sie in die leeren Höhlen kriechen . . .

Ich öffnete sie dennoch.

Dunkle Wolken zogen über den Himmel und gaben nur

dann und wann den Blick auf den Mond frei – eine blassgelbe Sichel in der Größe einer Banane hing am dunklen Himmel. Wo ich mich befand, wusste ich zwar, aber dennoch – das Gefühl der Fremdheit ließ mich tiefer unter die Bettdecke kriechen. Die Rollläden waren oben, obwohl ich normalerweise im Stockdunkeln schlief, aber Meg – missmutig und voller Aggression – hatte darauf bestanden, sie offen zu lassen. »Da kann ich mich sonst gleich beer. . .«, sie korrigierte sich, »eindosen lassen.«

Beerdigen lassen, hatte sie sagen wollen, bis ihr Kira einfiel. Lag sie immer noch in dem grauen kalten Blechsarg? Zwei Männer in dunklem Anzug und schwarzer Krawatte hatten sie in den Kofferraum eines schwarzen Kombis geschoben, als handele es sich um ein lästiges Möbelstück. Wo hatten sie Kira hingebracht? War sie dort völlig allein?

Wieder klopfte es.

Der Blick zur Uhr zeigte 2.07 Uhr. Durch das Fenster, das auf Kipp stand, kam kein Luftzug. Es war stickig und schwül im Zimmer, ein Gewitter lag in der Luft.

Meg rührte sich nicht.

Oder täuschte ich mich?

Nein – jetzt war es wieder deutlich zu hören. Das Klopfen kam nicht von der Tür, sondern jemand pochte ans Fenster.

Und dann rief jemand leise: »Meg? Meg, bist du wach?«

Bettzeug raschelte, gleich darauf das Tapsen nackter Füße. Unwillkürlich schloss ich die Augen ganz fest und rührte mich nicht. Megs Stimme klang wach und gespannt, nicht, als wäre sie gerade aus dem Tiefschlaf gerissen worden, eher, als hätte sie auf etwas gewartet. Den nächtlichen Besucher zum Beispiel.

»Mach auf!«

In jedem Fall, so viel stand fest, war es eine männliche Stimme, die nun verzweifelt fragte: »Warum hat sie das gemacht?«

»Warum wohl?«, gab Meg müde zurück.

Ich hielt den Atem an.

»Ich wollte das nicht.«

Wer war das? Ich konnte es nicht sagen! Zu viele neue Leute, zu viel war passiert.

»Du hast sie ins Messer laufen lassen«, sagte Meg. »Hast es nicht geschafft, über deinen Schatten zu springen. Aber keiner von uns kann das. Du befindest dich also in bester Gesellschaft.«

Eine Weile herrschte Schweigen, bis die Stimme vor dem Fenster fortfuhr: »Ich habe sie doch geliebt.«

Meg lachte auf. »Geliebt? Bist du dir sicher?«

»Ich wollte mit ihr reden, heute.«

»Zu spät.«

»Warum ist sie zurückgekommen, wenn nicht wegen mir.«

»Vielleicht, um zu springen?«, murmelte Meg. »Vielleicht, um uns etwas zu beweisen.«

»Beweisen? Was denn?«

»Dass sie sich für die Freiheit entscheidet.«

»Freiheit? Mann, kapier das doch! Sie ist tot. Kira ist tot.«

»Manchmal ist der Tod die Freiheit. Du weißt doch, wir haben so oft darüber geredet.«

»Aber es ist etwas völlig anderes, es zu tun.«

»Wirklich?«, fauchte Meg. »Wozu quatschen wir dann die ganze Zeit?«

Ich zuckte zusammen. Mein Bettzeug raschelte. Unwillkürlich seufzte ich schnell, als befände ich mich im Tiefschlaf, drehte mich Richtung Wand und zog die Decke über den Kopf. Überlegte sogar, ob ich kurz schnarchen sollte, was mir jedoch übertrieben schien.

Eine Weile herrschte Ruhe.

War Meg wieder ins Bett gegangen?

Nein, denn im nächsten Moment begann das Flüstern erneut. »Sie war einfach ein Weichei.« Meg klang ungeduldig. »Aber lass uns morgen darüber reden, okay? Ich bin müde.«

»Bin ich schuld?«, erklang die Stimme vor dem Fenster.

»Weißt du, was ich glaube? Es gibt überhaupt keine Schuld. Jeder handelt, wie er handeln muss.«

Ich hörte den Jungen vor dem Fenster nach unten plumpsen. Meg huschte zurück in ihr Bett und wenige Sekunden später entfernten sich eilig seine Schritte im Kies.

Ruhe kehrte ein.

Ich lag noch lange wach, wagte nicht, mich umzudrehen oder zu bewegen, bis ich endlich aus Megs Richtung gleichmäßige Atemzüge hörte.

Es gibt keine Schuld?

Was war das denn für ein Schwachsinn?

Die Stille am Abend zuvor im Speisesaal war beängstigend gewesen. Das Scheppern der Teller, das Rücken eines

Stuhles, Besteck, das klapperte: Jedes Geräusch schien unerträglich laut.

Wenn überhaupt Gespräche aufflackerten, dann steckten die Schüler die Köpfe dicht zusammen, sodass man kaum etwas verstehen konnte. Ich überlegte, ob es jemanden gegeben hatte, der besonders schockiert gewesen zu sein schien, aber es war mir nicht so vorgekommen.

Ich hatte am Tisch der zehnten Klasse zwischen Sonja und einem Mädchen mit langen Zöpfen gesessen, das sich im Jahrhundert geirrt zu haben schien.

Gegenüber konzentrierte sich Nikolaj auf sein Abendbrot, ohne die bewundernden Blicke wahrzunehmen, die ihm von allen Tischen zugeworfen wurden. Durch sein Verhalten hatte er sich auf den ersten Rang des Internatsrudels katapultiert. Ab heute trug er einen Heiligenschein um den Kopf.

Meg schnappte sich den Platz neben ihm und sagte: »Coole Aktion, Nick.«

Anstelle einer Antwort schenkte er mir ein Lächeln.

Ein trauriges Lächeln zwar, aber immerhin.

Am Tisch gab es nur ein Thema.

»Was hat sie nur da oben gemacht?«, fragte Sonja.

»Was wohl«, entgegnete Pink gereizt. »Sie hat sich vom Dach gestürzt.«

»Aber warum?«

»Vielleicht war das Dach einfach nass und sie ist ausgerutscht?«, meinte Trixie.

»Es hat nicht geregnet«, stellte das Mädchen mit den Zöpfen ungerührt fest.

»Was weißt du schon, Nonne?«, fauchte Trixie zurück.

»Kann doch wirklich sein, dass sie ausgerutscht ist«, sagte Pink. »Was meinst du, Meg?«

Einen Moment herrschte Stille.

»Halt die Klappe, Pink!«, murmelte Indi genervt. »Halt einfach die Klappe!« Er erhob sich, schob demonstrativ den Stuhl zurück und verließ den Speiseaal.

Pink wurde rot, was so gar nicht zu ihr passen wollte, aber gleich darauf schenkte sie mir einen arroganten Blick und ich schaute schnell weg.

Ich hätte zu gerne gewusst, was das alles zu bedeuten hatte. Und nach dem Besuch heute Nacht in unserem Zimmer erst recht. Wer war der Junge, der eben mit Meg gesprochen hatte?

So viele Fragen.

Keine Antworten.

Unruhig wälzte ich mich im Bett hin und her. Oh mein Gott, ich lag im Bett einer Toten. Kira hatte in diesem Bett geschlafen!

Schwer atmend richtete ich mich auf und starrte einer Wolke nach, die jeden Moment mit der gelben Sichel am dunklen Himmel zusammenprallen würde. Ich wartete darauf, dass der Mond explodierte.

Wie stickig es im Zimmer war. Jetzt wusste ich, was Meg gemeint hatte, ich fühlte mich eingeschlossen, enge Wände, so eng wie ein Sarg. Mein Körper erstarrte. Ich konnte mich nicht bewegen. Als sei ICH tot, nicht Kira.

Noch nie hatte ich eine so düstere, schweigende Nacht

erlebt. Nicht einmal, als ich mich von Jasper getrennt hatte oder er sich von mir? So genau wusste ich das jetzt nicht mehr.

Ich spürte, wie ich müde wurde, wie mich nur die Gedanken hinderten einzuschlafen.

Sollte ich jemandem von dem nächtlichen Gespräch erzählen? Big Mama, Frau Sturm oder der Polizei? Sollte ich Daddy anrufen? Er wusste, was zu tun war. Und würde mich sofort abholen.

Was in diesen Räumen passiert, hatte Meg gesagt, geht niemanden etwas an.

Niemand würde mich fragen, oder?

Kira hatte im Bus neben mir und Nikolaj gesessen. War mir etwas aufgefallen? Ja, wie still sie war. Und später dieser schrecklich traurige Blick.

Und was, wenn sie gar nicht selbst gesprungen, sondern tatsächlich ausgerutscht war?

Klar, Jule, sie ist dort oben spazieren gegangen. Auf dem Dach! Ganz normal am ersten Schultag!

Und wenn jemand sie gestoßen hatte?

Dieser Typ, der eben bei uns am Fenster gewesen war? Irgendetwas musste schließlich zwischen den beiden vorgefallen sein. Und Meg wusste davon. Meg und Kira. Kira hatte nicht mehr in diesem Zimmer wohnen wollen.

Ein Blitz zuckte über den Himmel, gefolgt von einem leisen Donnern.

Du bist übermüdet, Jule, sagte ich mir. Diese drückende Schwüle. Und die ganze Aufregung.

Die vielen neuen Leute, da brennt leicht mal der gesunde Menschenverstand durch wie eine elektrische Sicherung.

Schlief ich irgendwann ein? Ich weiß es nicht. Wenn ja, waren die Raben aus meinem ersten Traum verschwunden. Dafür beschäftigte mich ein anderer Gedanke: Unser Zimmer lag im zweiten Stock. Wie war es möglich, dass in der Nacht jemand ans Fenster klopfte?

Schlaf endlich, sagte ich mir immer wieder, morgen sieht die Welt schon wieder anders aus, du wirst aufwachen und denken: Alles nur ein böser Traum!

Und dann dachte ich: Genau, Jule, und man hat schon Pferde kotzen sehen.

Kiras Tagebuch

Eintrag No. 1

Ein Tagebuch ist eine tolle Sache. Ich kann denken, was ich will, schreiben, was mir in den Sinn kommt, meine Gefühle outen nach dem Motto: Lass es einfach raus!

Zu Hause bei Oma war nur dieser alte lahme PC, den ich im Secondhandladen in Kreuzberg für fünfzig Euro erstanden habe. Und der reichte gerade mal aus, um ab und zu ein Referat für den Unterricht zu tippen. Wenn ich ins Internet wollte, musste ich den Lehrer um Erlaubnis fragen und unterschreiben, dass ich nicht spiele, keine privaten E-Mails verschicke, MSN nicht nutze und auf keinen Fall Dateien runterlade oder auf YouTube (Sex-)Videos schaue. Ausgerechnet ich!

In Ravenhorst steht jedem Schüler ein eigener Laptop zur Verfügung! Der helle Wahnsinn. Ich bin total aufgeregt und fühle mich so reich wie Paris Hilton. Na ja – nur fast.

Überhaupt renne ich die ganze Zeit durch die Schule und grinse wie ein Honigkuchenpferd; jeden strahle ich an, sogar Direktor Sattler, dabei ist das ein Typ wie Remus Lupin aus Harry Potter, wenn er zum Werwolf wurde. Aber ich strahle ihn an. Und auch Frau Schüler, die uns ständig mit den Hausregeln kommt. Sie heißt hier nur: Big mama is watching you. Aber während die anderen so genervt aussehen, als verkünde sie die Hausordnung einer geschlossenen Abteilung, sauge ich die neuen Vorschriften einfach so in mich ein.

Tischdienst, Ordnungsdienst, Studierzeiten, Silentium . . . alles kein Problem.

Zehn Uhr Bettruhe? Super!

Hauptsache WEG von zu Hause, weg von Oma, entlassen aus der Gefangenschaft bei einer fünfundsiebzigjährigen Aufseherin mit allem, was dazugehört: Gebiss im Wasserglas, Angoraunterwäsche zu Weihnachten, selbst gestrickte Socken usw. usw.

Das Internatsgebäude ist total beeindruckend, ja imposant – ein ehemaliges Zisterzienserkloster – Zisterzienser klingt nach verschärften Haftbedingungen. Aber mal ehrlich, wenn man die Wahl hat zwischen Kloster und Gefängnis, was würde man wählen? Nicht nur, wenn man als einigermaßen intelligent gilt! Das Kloster, oder? Eben!

Thank you, Jesus für den IQ von 138 Punkten, der mich hierhergebeamt hat.

Ach, jetzt kommt meine Zimmergenossin herein. Die hat vielleicht rote Locken! Als ob sie in Flammen steht. Und das Erste, was sie sagt, ist: »Auch wenn du hier wohnst, sollten wir doch einige Regeln beachten. Kein Tastengeklapper im Zimmer. Wozu gibt es den Computerraum im Keller? HIER möchte ich Privatsphäre, okay?«

»Kein Problem«, sage ich und strahle sie an, worauf sie entgegnet: »Was grinst du so wie ein Honigkuchenpferd.«

Na ja, das ist zwar nicht gerade ein vielversprechender Anfang, aber schon im nächsten Moment kommt jemand zur Tür hereingestürmt, bleibt stehen und meint zu mir: »Mann, hast du lange Haare! Sind die echt oder hast du eine Haarverlängerung machen lassen? Darf ich sie mal anfassen?«

»Klar!«

Sie wuschelt mit ihren Händen durch meine Mähne und dann wirft sie sich auf mein Bett und sagt: »Ich bin übrigens Nora, aber alle nennen mich Pink. Fast jeder hier hat einen Nickname. Du be-

kommst auch einen verpasst!« Sie blickt zur Rothaarigen, die seltsame Turnübungen auf dem Boden macht: »Meg, was meinst du?«

»Mach, was du willst.«

»Also –«, Nora, Verzeihung Pink, schaut mich ganz genau an und dann fragt sie: »Hast du ein Stipendium?«

Ich nicke.

»Welcher Durchschnitt?«

»1,2.«

Sie pfeift durch die Zähne.

»Was machen deine Eltern?«

Okay, über diese Klippe muss ich springen. Einmal muss ich es sagen und das Mitleid über mich ergehen lassen, das sicher kommen wird.

»Die sind tot.«

Sie verzieht keine Miene. Scheint sie nicht besonders zu kratzen, dass ich Waise bin.

»Und wo wohnst du?«

»Bei meiner Oma.«

»Na, auf jeden Fall ist dann das Durchschnittsalter hier jünger als bei dir zu Hause. Herzlich willkommen in Ravenhorst, Cinderella!«

»Cinderella?«

»Das ist jetzt dein Name hier.«

Ehrlich, ihr Lachen ist total süß. Sie hat so eine hübsche rosa Zunge.

Und dann sagt sie noch einmal: »Mann, deine Haare sind wirklich geil. Willst du sie mir nicht schenken?«

KAPITEL 6

Irgendwann, als es schon dämmerte, war das Gewitter endlich richtig ausgebrochen. Gewaltiges Donnern folgte auf die Blitze, die über den schwefelgelben Himmel zuckten. Kurz darauf fing es sintflutartig an zu regnen. Aber erst als der Regen nachließ und nur noch leise gegen unser Fenster prasselte, fielen mir tatsächlich die Augen zu. Ich schlief fest ein. Und es kam mir vor, als hätte ich tatsächlich nur wenige Minuten geschlafen, als mich ein lautes Krächzen erneut aufweckte. Die düsteren, aufdringlichen Jammerrufe erschreckten mich fast zu Tode.

Mit einem Schrei fuhr ich hoch.

Der Regen hatte aufgehört, beide Fenster standen offen und in einem von ihnen hüpfte ein schwarzer Vogel nervös hin und her, als könne er sich nicht entscheiden.

Warum starrst du mich so an?, fragte ich ihn stumm, ich habe nichts getan.

»Auch schon wach?« Meg war dabei, sich anzuziehen.

Ich ließ mich zurück aufs Kissen sinken und zog die Decke hoch bis unter das Kinn. Der Himmel war wolkenbedeckt und die Feuchtigkeit des Waldes drang durch die Fenster. Das Gewitter musste die Luft mindestens um fünfzehn Grad abgekühlt haben. »Gott, ist das kalt geworden.«

»Warte erst mal den Winter ab. Ravenhorst liegt in einem Kältetal. Übrigens, ich möchte dich ja nicht hetzen, aber in fünf Minuten gibt es Frühstück.«

»Wie viel Uhr ist es?«

»Viertel vor sieben!«

»Was?«

Zum zweiten Mal an diesem Morgen fuhr ich erschreckt hoch. »Warum hast du mich nicht geweckt?«

»Bin ich der Hüter meiner Brüder, Schwestern oder Zimmernachbarinnen? Nein! Übrigens steht der Wecker direkt vor deiner Nase!«

Ich schüttelte das Gerät mehrmals und kam zu dem Schluss, dass die Batterien am Ende waren.

»Außerdem«, Meg knüpfte die weiße Bluse der Schuluniform zu, »ist Frau Sturm, unsere Supernanny, schon vor zwanzig Minuten durch die Gänge gegangen und hat an alle Türen geklopft.« Sie hielt einige Sekunden inne und musterte mich eindringlich: »Hast du nichts gehört?«

Ich schüttelte den Kopf. Hatte sie die Absicht, mich zu testen? Versuchte sie herauszufinden, ob ich das Gespräch in der Nacht belauscht hatte?

»Du musst ja einen festen Schlaf haben.«

Gähnend meinte ich: »Meine Mutter sagt immer, ich sollte meinen Tiefschlaf als Patent anmelden.«

Meg grinste – erleichtert, wie mir schien – und zog schwarze Ballerinas über. »Zu deiner Info: Beim Duschen gibt es eine militärische Reihenfolge. Trixie und Pink sind die ersten morgens. Sie brauchen ewig . . . und wenn ich sage ewig, dann meine ich endlos, unendlich. Danach bin ich dran und erst dann ihr, die Novizen. Soll heißen, JETZT wären die Duschen frei, aber dann kommst zu spät zum Frühstück. Mich stört es allerdings nicht, wenn du nicht täglich duschst.«

Sie griff nach der Umhängetasche mit der Aufschrift *Free your soul* und schlug die Tür hinter sich zu.

Ich sprang aus dem Bett und zog mich gerade an, als das Display meines Handys aufleuchtete.

Schon wieder eine Nachricht von Mammi! Diesmal allerdings eine SMS.

Seit wann konnte die denn simsen? Das musste jemand für sie geschrieben haben! Vermutlich die schlauen Kids aus ihrem Kindergarten.

Die Nachricht lautete: »Alles o. k.?«

»Yes«, simste ich zurück und dachte gleichzeitig: Wenn du wüsstest!

Im Speisesaal begegnete mir als Erste Sonja, die fröhlicher wirkte als gestern. Sie hängte sich sofort an mich wie eine Klette. »Darf ich mich neben dich setzen?«

Wenn du nicht wieder zu heulen anfängst, wollte ich schon sagen, aber im Grunde habe ich ein gutes Herz – also nickte ich: »Klar.«

Wir bahnten uns mit unseren Frühstückstabletts einen Weg durch die schmalen Durchgänge zwischen den Tischen, bis ich ganz hinten zwei freie Plätze entdeckte.

»Dort an der Wand?«

Sonja blieb stehen und sah sich unschlüssig um.

»Suchst du jemanden?«

»Nein!«

Was definitiv gelogen war. Ihr Kopf drehte sich nach allen Richtungen. Jedes Mal klimperten die langen rosafarbenen Ohrringe.

»Tolle Ohrringe«, bemerkte ich, um etwas Nettes zu sagen.

»Swarowski.«

Ehrlich gesagt waren sie zu protzig für Sonjas schmales blasses Gesicht, aber das Mädchen hatte schließlich Streicheleinheiten nötig. Aber offensichtlich nicht von mir, denn plötzlich hob sie die Hand und verabschiedete sich überraschend hastig mit den Worten: »Bis später, ich setz mich doch da vorne hin!«

Sie rannte geradezu von mir weg, um sich den letzten freien Platz neben Pink und Trixie zu schnappen. Von Weitem hörte ich, wie Bastian sie begrüßte: »Na, Prinzessin, immer zu Ihren Diensten. Soll ich Ihnen heute Ihr Tablett tragen?«

Sonja lief knallrot an! Das war nicht das erste Mal, dass mir der Gedanke durch den Kopf schoss, dass dieses Mädchen unter einer Krankheit litt, die chronische Naivität hieß.

Ich schüttelte den Kopf und setzte mich dorthin, wo noch ein Platz frei war, nämlich neben das Mädchen mit den langen Zöpfen, das irgendetwas auf ein Papier kritzelte, was nach Formeln aussah.

»Hi!«

Sie warf mir einen gleichgültigen Blick zu. Die gute Laune hatte die offenbar nicht erfunden.

Schräg gegenüber war Meg in ein Buch vertieft, dessen Inhalt sie schneller aufsaugte als den Orangensaft.

Was denn? Gingen alle schon wieder zur Tagesordnung über?

Der ganze Saal schien versunken in eine grässliche Gleichgültigkeit, die durch das Einheitsgrau der Schuluniformen verstärkt wurde. Hatten sie schon vergessen, was gestern passiert war? Ich musterte ein Gesicht nach dem anderen.

Welches von ihnen drückte Trauer aus? Welches Angst? Und vor allem: In welchem Gesicht stand etwas geschrieben, das nach Schuld aussah?

Am liebsten wäre ich aufgesprungen, hätte mich auf den Tisch gestellt und gerufen: He, wacht auf, ein Mädchen ist gestorben! Eine von euch! Warum hat sie das gemacht? Ihr wisst es! Du zum Beispiel, Meg! Mit wem hast du heute Nacht gesprochen?

»Ist hier noch frei?«

Nikolaj hatte wirklich die unglaubliche Fähigkeit, aus dem Nichts aufzutauchen.

»Klar!«

Er stellte sein Tablett ab, zog einen Stuhl vom Nachbartisch heran und ließ sich darauffallen.

Meg blickte auf.

»Morgen, Margit.«

»Ich heiße Meg!«

Der schwarze Tee, den er sich aus der Riesenkanne eingoss, dampfte. »Und – wie hast du geschlafen, Jule?«

»Geht so.«

»Schlecht geträumt?«

»Genau.«

»Dann verzichte ich wohl lieber darauf, dich daran zu erinnern: Was man in der ersten Nacht in einer neuen Umgebung träumt . . .«

»Geht hoffentlich nicht in Erfüllung!«

Er nahm einen Schluck, dann noch einen und schließlich stellte er fest: »Wegen Kira?«

»Klar wegen Kira. Aber offenbar bin ich hier die Einzige. Es war übrigens toll, was du gestern gemacht hast, das mit der Jacke . . .«

»Nein«, er schüttelte den Kopf und für einen kurzen, kaum wahrnehmbaren Moment verfinsterte sich sein Gesicht. Der Bluterguss an der Stirn verfärbte sich. »Das war nichts. Gar nichts.«

Mein Herz klopfte. Ich spürte es so deutlich, als könnte ich die Worte in der Luft lesen: Tod, Angst, Schuld!

Er?

Nikolaj?

Ja, er wusste, warum Kira es getan hatte. Ich spürte dieses Kribbeln in mir, von dem Daddy immer sprach, wenn er jemandem, wie er sagte, Schuld ansah.

Ein dunkler Schatten liegt ihnen in den Augen, verstehst du, Kleines. Als ob sie versuchen, etwas zu verbergen.

Nenn mich nicht Kleines, Daddy.

Nenn mich nicht Daddy, Kleines.

Plötzlich fühlte ich unbeschreibliche Sehnsucht nach ihm. So hatte ich mir meinen ersten Tag hier nicht vorgestellt.

»Was ist?«

Immer noch starrte ich Nikolaj an, versuchte, den Schatten der Schuld auf seiner Seele zu finden. Nein, da war doch nichts, nichts als eine üble Nacht, die hinter mir lag. Ich hatte mich getäuscht.

»Ach, nichts.«

»Warum siehst du mich dann an, als wolltest du mein Gehirn zerlegen und schauen, was sich darin abspielt?«

Na ja, so unrecht hatte er nicht, aber ich schüttelte nur den Kopf und konzentrierte mich auf mein Marmeladenbrötchen.

Meg murmelte, in ihr Buch vertieft. »Sie hält sich für superschlau!«

»Stimmt nicht!«

»Und warum bist du dann hier? Ein Bulle kann sich so eine Schule normalerweise nicht leisten.«

Ich erstarrte. Woher wusste sie, welchen Beruf mein Vater hatte? Ich hatte ihr nichts davon erzählt.

»Dein Vater ist Polizist?«, fragte Nikolaj. »Hast du damit ein Problem?«

»Warum sollte ich?«

Das Braun seiner Augen war so klar und glänzend wie der Earl Grey in seiner Tasse. Kein Schatten weit und breit.

»Natürlich hat sie damit ein Problem!«, meinte Meg. »Wer will schon einen Cop zum Vater!«

»Ich!«, gab ich zurück. »Mein Daddy ist . . .«

»Daddy?« Sie lachte. »Gott, wie süß!«

»Margit, komm runter!«, sagte Nikolaj.

»Du sollst mich nicht so nennen!«

»Das ist der Name, den deine Eltern dir nun einmal gegeben haben.«

Seine Stimme klang sanft und dennoch entschieden.

»Erwähn sie nicht, okay, niemals«, warnte ihn Meg mit zusammengebissenen Zähnen.

»Dann hör du auf, dich über Jules Vater lustig zu machen!«

Meg knallte ihr Buch zu und erhob sich. »Weißt du, was, Nick, manchmal gehst du mir total auf den Geist. Du kümmerst dich doch im Grunde auch nur um dich selbst! Auch du bist *nicht* Jesus!«

Ich musste irgendetwas sagen, das die Spannung hier löste, sonst würde Meg mich ein Leben lang hassen.

»Nicht einmal Jesus war Jesus«, murmelte ich.

Nikolaj lachte auf.

Blicke trafen uns. Ich sah ihnen an, was sie dachten. He, die Neue, Miss Aschenputtel, deren Vater ein Cop ist, wie schafft sie es nur, McDreamy zum Lachen zu bringen bei einer BH-Größe von 60 A? Hat sie es auf unseren Prinzen abgesehen? Ich kannte das bereits von der Sache mit Jasper. Ein Wort und man baggert ihn an, zwei Worte und man war verliebt, drei – Verlobung und ein vollständiger Satz – Hochzeit!

Und wie viele Sätze bedeuten Tod?

Ich schüttelte unwillkürlich den Kopf, um den Gedanken zu vertreiben. Gleich darauf schrillte die Glocke, ich atmete erleichtert auf, der Unterricht würde gleich beginnen.

»Was steht heute auf dem Stundenplan?«, fragte ich.

»Sport«, blaffte Meg und war verschwunden.

Wenige Minuten später folgte ich ihr. Ungeschickt balancierte ich das Tablett Richtung Tresen. Plötzlich fühlte ich einen Ruck. Im nächsten Moment strauchelte ich, das

Tablett fiel mir aus den Händen, ich stieß mit dem Knie gegen die Metallkante eines Tisches – es tat verdammt weh – und ich wäre gefallen, wenn nicht ... ja, wenn Nikolaj mich nicht festgehalten hätte. Ich lag in seinen Armen und alles, was ich dachte, war: Mein Gott, er riecht einfach göttlich!

Stopp, Jule! Der ist gemeingefährlich.

Dann ließ er mich los und begann, Geschirr und Besteck zusammenzusuchen.

Plötzlich stand das Mädchen mit den Zöpfen direkt vor mir. Wie ein Gespenst. Sie lächelte seltsam, als freue sie sich außerordentlich, mir das mitzuteilen, was sie nun flüsterte. »Du bist die Nächste, darauf wette ich.«

Im nächsten Moment war sie durch die offene Tür des Speisesaals verschwunden.

Verdutzt folgte ihr mein Blick und blieb an einer Gruppe hängen: Big Mama, Herr Sattler, zwei uniformierte Polizeibeamte und – eine alte Frau, um deren Schulter Frau Sturm den Arm gelegt hatte. Sie alle standen im Flur vor dem Schwarzen Brett und unterhielten sich leise.

Sie waren wegen Kira hier. Auch wenn es Selbstmord war – die Polizei würde den Vorfall untersuchen. Sie würden herausfinden, warum sie gesprungen war. Warum beruhigte mich dieser Gedanke nicht? Ich musste an das Gespräch in der Nacht denken. Das Wort Schuld – ich brachte es einfach nicht aus meinem Kopf.

Die alte Frau schluchzte laut, sie konnte sich kaum auf den Beinen halten. Mein Herz zog sich zusammen und versuchte, sich unsichtbar zu machen.

»Wer ist das?«, fragte ich leise Nikolaj.

»Kiras Großmutter.«

»Was ist mit ihren Eltern?«

»Verkehrsunfall. Beide tot.«

»Oh Gott!«

Wir verließen gemeinsam den Saal. Bevor wir uns trennten, um unsere Schulsachen zu holen, blieb ich noch einmal kurz stehen. »Dieses Mädchen mit den Zöpfen . . .«

»Die Nonne? Johanna?«

»Die ist seltsam.«

»Ach was, die hat nur schon gleich nach der Geburt alle drei Gelübde abgelegt.«

»Welche Gelübde?«

»Schweigen, Gehorsam und vor allem – NO SEX!«

Das Letzte sagte er so laut, dass alle, die vorbeikamen, mich anstarrten. Einschließlich Frau Sturm.

KAPITEL 7

Die Tische waren im Viereck aufgestellt. Und wir waren nur zwölf Schüler in der zehnten Klasse. Es herrschte eine gespannte Atmosphäre. Erwartung, Nervosität und der Schock über Kiras Tod ließen niemanden so richtig fröhlich wirken. Die Schulglocke hatte schon lange zum Unterrichtsbeginn geläutet, aber noch kein Lehrer war erschienen.

Wer direkt an der Tür sitzt, ist ein Loser. Aber es war der einzige Platz, der noch frei war. Neben mir hatte die Nonne ihre Schulsachen ordentlich auf dem Tisch ausgebreitet, als handele es sich um die Vorbereitung zu einer OP. Danach folgten die dunkelhaarige Emilia und der Junge, der drei Köpfe kleiner war als ich. Ich erinnerte mich, dass sie ihn Fledermaus oder Batbaby nannten. Sonja hatte sich neben Trixie gequetscht. Unsere Heulsuse hatte rote, hektische Flecken im Gesicht. Wahrscheinlich war sie gleich nach dem Frühstück hierhergestürzt, um nur ja nicht den Loser-Platz zu bekommen, dachte ich, aber ich war eher amüsiert als verbittert. Sonja tat mir immer noch leid, so verkrampft, wie sie war.

Bastian und Danny kamen gleich nach Trixie und die wirklich Coolen, wie Pink, Indi, Nikolaj und Meg, hatten ihren Platz in der hinteren Reihe oder am Fenster.

»Die Polizei ist im Haus!« Emilia, die vor der Tür Wache

gehalten hatte, kam ins Klassenzimmer gestürmt. »Wenn es Selbstmord war, warum ist dann die Polizei hier?«

Ich bemerkte die Blicke, die sich alle zuwarfen. Emilia setzte sich an ihren Platz. Ihre Stimme triefte vor Sensationsgier, während sie flüsterte: »Aber das wissen doch alle, dass Kira psycho war. Schon allein wegen der Geschichte mit ihren Eltern.«

»Na ja, wenn man beide Eltern durch einen Verkehrsunfall verliert, da muss man ja durchdrehen.«

»Kira hat sich bestimmt schuldig gefühlt«, seufzte Emilia.

»Warum?«

»Na ja, sie . . .«

Emilia sprach nicht weiter, denn nun betrat Frau Sturm den Klassenraum mit einem Stapel Zettel, den sie mir in die Hand drückte.

»Würdest du bitte den Stundenplan weitergeben?«

Ich reichte der Nonne den Stapel und überflog das Blatt.

Frau Sturm baute sich neben der Tafel auf. »Ihr wisst ja, hier in Ravenhorst gibt es keine Schonzeit. Ihr habt also heute ganz normalen Unterricht, wie auf dem Stundenplan angegeben.«

Allgemeines Murren antwortete ihr.

Ich stellte fest, dass wir jetzt Mathe hatten, dann Physik und anschließend Sport.

Okay, ich war hier nicht zum Vergnügen.

Frau Sturm fuhr mit ihren Erläuterungen fort. »Jedem von euch steht ein eigener Laptop zur Verfügung, den ihr heute nach dem Unterricht im Computerraum abholen könnt.«

Emilia meldete sich.

»Was gibt es?«

»Warum ist die Polizei hier? Heißt das, dass Kira doch nicht freiwillig gesprungen ist?«

»Nein«, bemerkte Frau Sturm, um einen entschiedenen Ton bemüht, der ihr ganz und gar nicht gelang. »Jeder nicht natürliche Todesfall wird von der Polizei untersucht. Das gehört zur Routine.«

»Was ist ein nicht natürlicher Todesfall?«, fragte Bastian.

»Nun, Bastian, du hast dich noch nie durch besonders intelligente Fragen ausgezeichnet.«

»Wird sie obduziert?« Emilia verzog angewidert das Gesicht. »So richtig aufgeschnitten? Wie im Fernsehen?«

»Klar, die klappen ihre Gehirn auf und dann versuchen sie herauszufinden, warum sie so verrückt war zu springen«, erklärte Bastian. Er hatte offenbar den Schock gut verkraftet.

Frau Sturm sah ziemlich mitgenommen aus und schien erleichtert, als es an der Tür klopfte.

Frau Schüler betrat mit einer ihrer Listen das Klassenzimmer. »Mit folgenden Schülern möchte die Polizei sprechen: Nora, Michael, Margit und Nikolaj.«

Nikolaj?

Warum Nikolaj?

Die vier erhoben sich und verließen das Klassenzimmer. Danach herrschte eine unheimliche Ruhe. Trixie und Bastian warfen sich Blicke zu und ich spürte ganz deutlich: Hier gab es ein Geheimnis, etwas, das im Verborgenen lauerte. Und ich war zu sehr Daddys Kleine, als dass ich es nicht herausfinden wollte.

Als ich den Umkleideraum der Sporthalle betrat, waren Meg und Pink, die die ersten beiden Stunden gefehlt hatten, wieder da. Pink hatte mir den Rücken zugedreht und zog gerade ihre Sportsocken über. Ich musste wegsehen, weil ich wirklich fürchtete, der String ihres Slips könnte jeden Moment reißen. Für einen kurzen Moment überlegte ich mir ernsthaft, mich in der Toilette umzuziehen, denn meine Unterhose stammte im Gegensatz zu diesem Nichts von Slip aus dem 19. Jahrhundert. Noch schlimmer mein BH, wenn man ihn so nennen konnte.

»Was wollte die Polizei von euch?«, fragte Emilia aufgeregt.

»Du nervst, Küken«, entgegnete Meg.

»Habt ihr was mit der Sache zu tun?«

»Halt die Klappe!«

»Aber warum wollten die dann mit euch sprechen?«

»Weil wir wichtig sind, im Gegensatz zu dir.« Das kam von Pink.

»War es jetzt Selbstmord oder nicht?«

»Shut up!«

Die Sportlehrerin steckte den Kopf herein. Um den Hals hingen Stoppuhr und eine knallrote Trillerpfeife. »Geht es noch langsamer, Mädels?«

»Ich hasse Sport«, jammerte Emilia. »Mein Vater meint immer, gegen mich ist ein Roboter der reinste Schlangenmensch. Mann, ich werde irgendwann mal was studieren, wo keine Mrs Feldwebel einen Flicflac verlangt oder mehrfache Saltos vom Sprungbrett.«

»Ist sie so schlimm?«, fragte Sonja ängstlich.

»Schlimm?«, entgegnete Emilia. »Sie hat einmal an der Olympiade teilgenommen. 1.000-Meter-Freistil, gesponsert von der Bundeswehr. Was glaubst du wohl, woher die ihren Spitznamen hat?«

Sie begann, ihre Haare zu bürsten, zählte jeden einzelnen Bürstenstrich. »Kira hat das auch immer gemacht. Sie hatte so tolle Haare.«

»Halt die Klappe«, sagte Meg.

»Elf, zwölf, dreizehn ... Was meint ihr, warum hat sie sie abgeschnitten?«

»Wenn du nicht endlich damit aufhörst . . .« Pink griff Emilia in die Haare und zog daran. Sie schien echt wütend zu sein. »Dann schneide ich dir deine ab.«

Die Stille, die plötzlich herrschte, wog mehrere Tonnen. Niemand zweifelte daran, dass Pink ihre Worte wahr machen würde. Es war Sonja, die schließlich das Schweigen brach. »Was ich euch schon vorhin fragen wollte, ist Nikolaj wirklich ein echter Prinz?«

Mann, wenn sie aufgeregt war, dann hatte sie eine Quietschestimme, dagegen war Heidi Klum im Stimmbruch.

Emilia fuhr mit dem Bürsten fort. »Ich habe gehört, wie Frau Schüler zur Sturm gesagt hat, . . .zwanzig, einundzwanzig, zweiund. . . früher hätten wir ihn vermutlich mit Prinz ansprechen müssen. Und dann hat Frau Schüler gefragt, ob die Familie Geld hat . . .«

»Und?«

»Nein . . . fünfundzwanzig . . . sie haben alles in der Russischen Revolution verloren, was glaubst du denn?«

Sonja sah ziemlich beeindruckt aus und Emilia zwinkerte mir zu, weshalb ich nicht wusste, ob sie die Wahrheit sagte oder nur ihre Fantasie mit ihr durchging.

Nikolaj ein russischer Prinz? Nein, das war ja völliger Blödsinn!

Aber ich hatte nicht länger Zeit, mich damit zu beschäftigen, denn nun betrat Frau Krassnitzer die Umkleidekabine. Sie klatschte so energisch in die Hände, wie Sportlehrerinnen es immer tun – vermutlich auf der ganzen Welt.

»Keine weiteren Verzögerungen, meine Damen«, schrie sie, während sie ihre Armbanduhr nicht aus den Augen ließ. »Ihr habt schon zehn Minuten verloren durchs Umziehen. Die Zeit könnt ihr nur wiedergutmachen, indem ihr schneller eure Runden dreht.«

»Das kann sie sich abschminken«, murmelte Meg.

Meg trug die Trainingshosen und das weiße T-Shirt, wie sie laut Hausregeln für den Sportunterricht verpflichtend waren. Doch Turnschuhe mit Totenköpfen waren mit Sicherheit nicht gestattet. Und ihre riesigen silbernen Kreolen schepperten leise, wenn sie den Kopf auch nur einen Zentimeter bewegte.

»Schmuck nehmen wir ab.« Frau Krassnitzers Stimme überschlug sich fast. »Das gilt auch für dich, Margit.«

»Du kannst mich mal, Mrs Feldwebel«, zischte Meg so leise, dass nur ich es hörte.

»Das nächste Mal geht das aber schneller! Tempo, Tempo, Tempo!«

Erst als alle verschwunden waren, wagte ich, den Pulli auszuziehen. Mit meinem Hello-Kitty-BH konnte ich mich nicht der Öffentlichkeit präsentieren.

Auf dem Flur war niemand mehr zu sehen, doch von irgendwoher hörte ich die durchdringende Kommandostimme der Krassnitzer und ihr »Tempo, Tempo, Tempo«. Das schrille Pfeifen ihrer Trillerpfeife hallte ebenso nach wie das Stampfen der Schülerinnen, die offensichtlich durch die Turnhalle gejagt wurden.

Also, wo war der Durchgang zur Halle?

Keine Ahnung. Hier schienen nur Türen zu sein.

In diesem Moment öffnete sich eine Tür rechts vorne und Nikolaj trat heraus.

»Kann ich dir helfen?«

»Wie komme ich zur Halle?«

»Du musst ganz bis zum Ende des Flurs gehen und dann links die große Tür.«

»Danke.«

Erst jetzt bemerkte ich, dass er keine Sportkleidung trug.

»Fällt Sport bei euch aus?«

Er schüttelte den Kopf. »Nein, ich bin befreit.«

»Warum?«

Nikolaj zuckte mit den Schultern. »Erbkrankheit.«

»Was wollte die Polizei von euch?«

Sein Gesichtsausdruck veränderte sich. Er sah starr geradeaus, hatte offenbar nicht die Absicht zu antworten, aber ich konnte mich nicht zurückhalten.

»Ihr wisst, warum Kira vom Dach gesprungen ist!«

»Bist du immer so neugierig?«

»Erbkrankheit«, entgegnete ich.

Er zuckte nur mit den Schultern.

»Wie war sie so?«

»Kira?«

»Klar Kira!«

»Nett. Sie war wirklich nett.«

Das klang nicht nach Nikolaj. War er in sie verliebt gewesen? Hatte Meg nicht etwas davon gesagt, dass Kira nachts in ihr Kissen geheult hatte aus Liebe?

»Meinst du, sie ist gesprungen, weil sie frei sein wollte?«

»Frei?«

Warum sah er mich nicht an?

»Ja, manche Leute denken doch, dass der Tod Freiheit bedeutet.«

»Glaubst du das auch?« Noch immer schaute er mich nicht an.

Ich schüttelte den Kopf. »Wenn der einzige Ausweg der Tod zu sein scheint, wie soll man sich da frei fühlen?«

Jetzt blieb er stehen und wandte sich mir zu. »Ihr hättet euch gemocht«, sagte er. »Sie war dir sehr ähnlich.« Er trat einen Schritt auf mich zu, stand ganz dicht bei mir, sah mich lange an.

Wie soll ich dieses Gefühl beschreiben? Weiche Knie? Schmetterlinge im Bauch? Alles Quatsch! Ich löste mich einfach auf, verließ den kalten Flur der Sporthalle, ging in eine andere Dimension, in der es nur uns beide gab. Seine Hand legte sich auf mein Gesicht. Sein Mund näherte sich meinem. Heißer Cappuccino? Das war Vergangenheit, jetzt sehnte ich mich nach mehr. Nach allem. Und genau dieses Gefühl hatte ich bei Jasper nicht gehabt. Vergiss Jasper, dachte ich, vergiss die Küsse mit ihm. Sie waren nicht mehr gewesen als ein Händedruck. Aber dieser kurze Moment, als Nikolajs Lippen meine berührten – da verstand ich plötzlich die ganze Welt und vergaß die Realität – in die ich mit einem Mal brutal zurückgeworfen wurde.

Jemand rannte den Flur entlang. Nikolaj trat einen Schritt zurück.

Sonja.

Ihr Gesicht war schon wieder tränenüberströmt. Vielleicht war auch das eine Erbkrankheit.

»Was ist los?«, fragte ich.

»Ich kann das nicht! Ich habe total Schiss! Wenn ich nur einen Meter nach unten schaue, dann bekomme ich schon Panik.«

Sie rannte Richtung Umkleidekabine.

Ich hatte keine Zeit, länger darüber nachzudenken, was sie meinte, denn Frau Krassnitzer kam mir in der Tür entgegen. Vermutlich lief sie so durch ihr ganzes Leben: Sportdress, Trillerpfeife und Tempo, Tempo, Tempo!

»Warum kommst du erst jetzt?«, fuhr sie mich an, während die anderen Mädchen eine Laufrunde nach der anderen in der Halle drehten. Wie Hamster in ihrem Laufrad, wie Zirkuspferde in der Arena, wie Angehörige einer Eliteeinheit der Bundeswehr.

Ich reihte mich ein, war jedoch nach wenigen Metern bereits außer Atem. Dieser Kuss, war er real gewesen? Während ich rannte, fasste ich immer wieder auf meine Lippen, als wollte ich prüfen, ob es wirklich geschehen war. War nicht noch ein Hauch von Cappuccino zu schmecken?

Und dann – von einem Moment zum anderen – ein schriller Ton aus der Trillerpfeife und die Schülerinnen drehten sich auf Kommando zur Seite. Überrascht blieb ich stehen und stieß gegen die Nonne, die zischte: »Pass doch auf!«, und dann stürmte sie hinter den anderen auf eine Reihe von dicken Tauen zu, die von der Decke hingen.

»Und jetzt: klettern, klettern, klettern!«, brüllte Mrs Feldwebel. »Fertig, los und immer zwei nebeneinander. Versucht zu gewinnen, Verlierer gibt es schon genug auf dieser Welt!«

Verlierer? Ich war kein Verlierer!

Eine nach der anderen zog sich nach oben. Verdammt – die Halle war mindestens acht Meter hoch.

Ich und die Nonne waren das letzte Paar.

Unter dem Kommando »Und eins, zwei, drei« packte ich das Seil mit beiden Händen. Wie von selbst schlangen sich meine Beine um das Tauende.

Mit einem Blick nach unten stellte ich fest: Die Nonne hatte sich noch keinen Meter bewegt. Sie schien sich vor dem Seil zu fürchten. Nun – ich fürchtete mich vor gar nichts. Genauer gesagt fürchtete ich mich vor nichts mehr, seit ich Nikolaj im Flur getroffen hatte.

»Na los!«, schrie der Feldwebel die Nonne an. »Worauf wartest du?« Die anderen lachten.

Im nächsten Moment war ich oben.

Und dann dachte ich an Kira, die oben auf dem Dach stand und hinunterschaute. Ins Bodenlose, in den unendlichen Schlund der Tiefe. Ich spürte ihre Furcht, fühlte, wie meine Hände feucht wurden. Nikolaj hatte gesagt, wir seien uns ähnlich!

Nein! Das konnte nicht sein! Nie würde ich springen! Niemals!

Ich ließ los und seilte mich ab, landete neben Meg, die anerkennend meinte: »Reife Leistung. Hätte ich dir gar nicht zugetraut. Du solltest trainieren. Dann kannst du richtig gut werden. Ehrlich, du hast das Zeug dazu, genau wie . . .«

Sie brach ab und drehte sich abrupt um.

Meine Erleichterung kannte keine Grenzen. In Megs Stimme hatte tatsächlich Anerkennung gelegen.

Hey, ich hatte sie durchbrochen, die Schallmauer von Ravenhorst. Nikolaj hatte mich geküsst und Meg, die coole Meg, die nichts und niemand zu berühren schien, sie bewunderte mich. Es fühlte sich einfach geil an!

Herzlich willkommen in Ravenhorst!

Kiras Tagebuch

Eintrag No. 9

Die Tage in Ravenhorst vergehen in rasendem Tempo. Das Leben hier ist eine fünfspurige Autobahn – Lehrer, Noten, Freunde, Freizeit, Liebe! – ehrlich, ich habe das Gefühl, dass ich auf allen Spuren die Schnellste bin.

Ja, ich komme sogar mit Meg, meiner Zimmergenossin, klar, obwohl sie wirklich launisch ist. Aber das kann ich verstehen. Meine Eltern haben mich geliebt. Ich war ihr Ein und Alles. Auch wenn sie tot sind – das weiß ich genau. Aber Meg hat ihre Eltern seit einem Jahr nicht mehr gesehen. Sie sind irgendwo in der Welt unterwegs zu irgendwelchen Abenteuern.

Für eine Zimmergenossin ist Meg okay, aber meine beste Freundin hier ist Pink. Klar, sie ist manchmal ziemlich arrogant, aber so wird man vermutlich, wenn man steinreich ist. Ihre Mutter hat nach dem Tod ihres Vaters irgendeinen Millionär geheiratet. Und dem, sagt Emilia, die alles weiß, wächst Geld nur so aus den Fingern. Bei dem wird alles zu Gold, was er anfasst. Pink erbt mal so viel Kohle, die kann dafür bezahlen, dass jemand sie liebt.

Deshalb gilt Pink im Internat auch als eine der sogenannten Unantastbaren. Wie Nikolaj, der aus irgendeinem uralten russischen Adelsgeschlecht stammt, das mit dem Zaren verwandt war.

Okay, ich gehöre zum Fußvolk in Ravenhorst und könnte gar nicht hier sein, hätte ich nicht dieses Stipendium. Von meiner Waisenrente bleiben mir gerade noch fünfzehn Euro im Monat. Den Rest teilen sich Oma und das Internat.

Aber egal – Pink akzeptiert mich und mit dem Rest der Klasse ver-

stehe ich mich auch gut. Wir sind nur fünfzehn in einer Klasse. Das ist wirklich super! Ich finde jedenfalls alle ziemlich okay, obwohl Pink das Gegenteil behauptet. Sie sagt immer: »Die meisten kannst du vergessen. Alles Autisten! Nur mit sich beschäftigt oder mit dem wunderbaren Lernstoff, mit dem sie uns hier zumüllen. Schau dir doch mal Florian an zum Beispiel. Das ist der totale Loser. Ein Gesicht wie ein Neunjähriger, Segelohren und spitze schwarze Zähne. Puuh, wie eine Fledermaus.«

Na ja, jedenfalls nennt Florian jetzt jeder hier Batbaby!

KAPITEL 8

Über Ravenhorst lag schon seit dem Frühstück ein großes Schweigen. Sogar die grässlichen Raben oder Krähenvögel hatten ihr Gekrächze eingestellt. Vielleicht kam es mir auch nur so vor. Denn draußen regnete es in Strömen, als wir uns in der Aula versammelten, um an der Trauerfeier für Kira teilzunehmen. Ein Regen, der den Himmel nach unten zu schwemmen schien.

Plötzlich wurde mir bewusst, dass es nur an meinem ersten Tag hier in Ravenhorst strahlend schön geworden war. Es war, als ob Kiras Tod der Auslöser für dieses triste, kalte Wetter gewesen war.

Seit meiner Ankunft war gerade einmal eine Woche vergangen, doch mir kam es bereits viel länger vor. Die ganze Zeit über schwebte ich in einem seltsamen Zustand von Unwirklichkeit. Der Schulalltag hatte das Regiment übernommen. Alles schien in dasselbe Einheitsgrau gehüllt wie wir in unsere Schuluniformen und die einzelnen Tage verschwammen ineinander in ihrem einheitlichen Ablauf. Gleichzeitig legten die Lehrer ein Tempo vor, wie ich es von meiner alten Schule nicht kannte. Und so hatte ich keine Gelegenheit gefunden, noch einmal mit Nikolaj alleine zu sein. Immer war irgendjemand von den anderen dabei: Indi, Pink und auch Meg. Dieser Kuss war also entweder eine Halluzination, ein Experiment, ein Versehen gewesen – oder lediglich ein Zeichen von Freundschaft?

Ich seufzte innerlich und sah mich um. Die Aula war bis auf den letzten Platz besetzt und ich saß zwischen Meg und Pink. Letztere schien völlig unbeteiligt und kaute die ganze Zeit an ihren Fingernägeln herum. Megs blasse Hände umklammerten den Sitz des Stuhles, als wolle sie jeden Moment aufspringen und die Aula verlassen, während Direktor Sattler mit seiner Traueransprache endlich zu Ende kam.

»Man kann nicht in das Herz des anderen sehen, sein Unglück nicht immer erkennen, aber ihr müsst jetzt fest zusammenhalten, damit so etwas nicht wieder vorkommt. Kira hat nun ihren Frieden, nach dem sie sich offenbar gesehnt hat.«

»Frieden?«, murmelte Meg neben mir und schüttelte unmerklich den Kopf, während ihre Lippen unsichtbare Löcher in ihre Lippen bissen. »Aufgegeben hat sie einfach. Ich kapier's nicht. Das ist so billig!«

»Sie war immer schon ein bisschen depri«, flüsterte Trixie von links. »Das wissen wir doch.«

»Also, bevor ich springe, würde ich erst einmal ein paar andere hier ins Nirwana schicken.«

»Mein Gott, wie lange dauert das denn noch«, zischte Pink von der anderen Seite. Ihr schmales Gesicht war so blass, es hätte ohne Probleme als Vorlage für eine Halloweenmaske dienen können. »Ich halte das Gelaber nicht länger aus.«

Okay, vielleicht hatte Kira ihren Frieden gefunden, aber einige andere nicht.

Was die Polizei von Nikolaj und den anderen gewollt hatte, wusste ich immer noch nicht. Aber da keine Polizisten oder Kripobeamten mehr auftauchten, ging ich davon aus, dass es sich um eine – wie Daddy es nannte – Routinebefragung gehandelt hatte. Die nächsten Freunde sollten einfach berichten, in welcher Verfassung Kira gewesen war. Obwohl ... die konnten das gar nicht wissen. Schließlich hatten sie sich sechs Wochen lang nicht gesehen.

Ich fragte mich nicht zum ersten Mal, ob Nikolaj und die anderen nicht mehr wussten, als sie behaupteten. Aber eigentlich sprachen sie überhaupt nie über Kira. Die Einzige, die ab und zu ihren Namen erwähnte, war Emilia. Sonst niemand. Es schien fast so, als hätte es Kira in Ravenhorst nie gegeben. Und das – so viel war klar – war irgendwie abartig.

»Warum wollte Kira eigentlich nicht mehr mit dir in einem Zimmer wohnen?«, fragte ich daher Meg nach der Feier, als wir im strömenden Regen über den Schulhof rannten, während der Rest der Schule sich in dem engen Kreuzgang Richtung Speisesaal bewegte.

»Ich weiß zwar nicht, was du meinst, aber es geht dich nichts an! Und pass auf, dass dein Spitzname hier nicht Bullentochter wird.«

Oje, das klang nach schlechtem Gewissen. Eigentlich kamen wir inzwischen ganz gut miteinander aus, Meg und ich. Solange sie nicht gerade eine ihrer Launen hatte – wie jetzt. Meiner Meinung nach waren ihre Stimmungsumschwünge unnormal. Sie konnte von einem Moment zum anderen das Programm wechseln: Ich bin echt gut drauf, oder: Geh mir lieber aus dem Weg. Mehr Sender gab es nicht.

Vielleicht war es gut, dass in diesem Moment meine Mutter anrief und ich nicht weiter nachfragte. Meg jedenfalls zog genervt die Augenbrauen nach oben, als ich mit meiner Mammi-Stimme ein besonders munteres Hallo ins Handy säuselte. Ich blieb hinter ihr zurück und zog mich in eine der Toiletten zurück. Der einzige Ort, wo man ungestört telefonieren konnte.

»Wie geht es dir, Schätzchen?«

»Nenn mich nicht Schätzchen!«

»Wie verkraftest du es? Dein Vater hat es mir heute erst erzählt.«

»Was?«

»Von diesem Mädchen, das sich in eurer Schule . . .«

»Kira?«

Ich hatte Mammi nichts davon erzählt. Ich hatte keine Lust gehabt, dass sie mich dann ständig anrief. Und zu Hause, das war auf einmal so weit weg . . .

»Gott sei Dank hast du sie nicht gekannt.«

Nee, ich schlief nur in ihrem Bett! Aber das würde ich Mammi auf keinen Fall erzählen. Und komisch, irgendwie dachte ich in diesem Moment, dass ich Kira gerne gekannt hätte.

»Nein, habe ich nicht.«

»Willst du nicht doch nächstes Wochenende nach Hause kommen? Wir sollten darüber reden. Reden hilft.«

»Wir Neuen sollen nicht gleich nach Hause fahren, wegen des Heimwehs.«

»Du hast also doch Heimweh!« Eine Spur von Hoffnung lag in ihrer Stimme.

»Nein, ich habe garantiert kein Heimweh! Dazu habe ich hier auch keine Zeit!«

»Hast du denn schon Freunde gefunden?«

»Ja, Meg, also das Mädchen aus meinem Zimmer, mit der verstehe ich mich . . .«

»Dein Vater hat sich bei den Kollegen erkundigt, was mit diesem armen Mädchen war. Warum sie das gemacht hat.«

»Und?«

»Die Ermittlungen sind noch nicht vollständig abgeschlossen, aber . . . Schätzchen – das macht mir wirklich Sorgen.«

»Was denn?«

»Die Polizei meint, ein Grund, weshalb dieses Mädchen . . .«

»Kira, Mammi, sie heißt Kira!«

»Ja, also die Polizei sagt, diese Kira sei gemobbt worden.«

Eine winzige Sekunde lang herrschte Schweigen.

Huch – Mobbing – das Schreckgespenst der Erwachsenen. Als ob das nicht normaler Schulalltag wäre. Dennoch hakte ich nach: »Kira wurde gemobbt?«

»Es gibt da offenbar eine Art Abschiedsbrief.«

Abschiedsbrief? Davon hatte niemand etwas gesagt.

»Also, bitte pass auf dich auf«, hörte ich Mammi besorgt sagen.

»Ich komm schon klar.«

»Sonst hole ich dich sofort nach Hause. Ich war ja immer

dagegen, dass du diese Schule besuchst. Hier hättest du es so bequem. Jasper hat auch schon angerufen und gefragt, wie es dir geht.«

»Ich pfeif auf Jasper.«

»Warum sagst du nicht, was zwischen euch war? Jahrelang seid ihr die besten Freunde – und dann plötzlich . . .«

»Glaub mir Mammi, das möchtest du nicht wissen. Hör zu, ich kann jetzt nicht länger telefonieren. Ich muss noch Hausaufgaben machen. Und mach dir keine Sorgen.«

Sie seufzte. »Ich kann meine einzige Tochter nicht verstehen . . .«

»Tschüss Mammi, schlaf schön und grüß Daddy.«

Schnell, bevor sie noch antworten konnte, beendete ich das Gespräch und schaltete das Handy ab.

Mobbing? Deswegen springt doch keiner vom Dach! Da wären ja alle Schulen leer gefegt.

Meg war noch nicht im Zimmer. Das war ungewöhnlich. Normalerweise machte sie vor dem Schlafengehen ihre Sportübungen. In diesem Punkt war sie total der Streber.

Ich klappte den Laptop auf. Wir sollten als Hausaufgabe im Internet etwas zum Thema Gravitation recherchieren. Vom Flur drangen die allabendlichen Geräusche herein, an die ich mich langsam gewöhnte. Nicht wie zu Hause, wo es immer so still war, als gäbe es kein Leben auf dem Planeten der Familie Sanden. Doch ich konnte mich nicht konzentrieren und ging stattdessen auf Youtube, um Musik zu hören.

He, jemand war angemeldet!

Cinderella1991.

Cinderella?

Mein Verstand schaltete in den Turbogang. Die Gedanken überschlugen sich. Mein Herz legte vor Aufregung einen Zahn zu.

Okay, diesen Laptop hatte vor mir jemand anders benutzt. Jemand, der sich Cinderella nannte. Konnte das möglich sein? Hatte er Kira gehört?

Cinderella!

Meg hatte sie irgendwann so genannt.

Cinderella, das war Kiras Spitzname gewesen.

Wahnsinn! Kira hatte mit diesem Gerät gearbeitet. Sie hatte mit Sicherheit Spuren hinterlassen. Man hinterließ immer Spuren. Das wusste ich von Jasper.

Neugierig rief ich die Playlist auf. Klar – da waren sie, die Videos.

Mist! Die Tür klappte. Meg kam ins Zimmer. Ich hatte keine gesteigerte Lust, dass sie erfuhr, wie sehr ich mich für Kira interessierte. Ich klappte den Laptop zu und vertiefte mich in mein Physikbuch.

Dass Megs Stimmung irgendwie explosiv war, spürte ich sofort. Schon wie sie die Tür vorsichtig in Schloss zog – das sah nach Verschwörung aus. Und entgegen ihrer sonstigen Gewohnheiten kam sie jetzt auf meine Seite und ließ sich auf dem Bett nieder.

Ihre roten Locken leuchteten im schwachen Licht der Lampe und ihre Augen waren von einem dunklen Grün. Sie trug ihre Sporthose und einen eng anliegenden schwarzen Fleecepullover.

»Ich habe mit den anderen gesprochen.«

»Und?« Ich hatte keine Ahnung, was sie wollte.

»Hast du deine Sportsachen da?«

»Wozu?«

»Frag nicht so viel.«

»Aber . . .«

»Also, was ist? Willst du oder willst du nicht? Du bekommst nur einmal diese Chance.«

»Wie soll ich etwas wollen, von dem ich gar nicht weiß, was es ist?«

Sie seufzte und schüttelte den Kopf. »Schalt ihn einfach ab, okay!«

»Wen?«

»Deinen Verstand, Miss Klugscheißer! Wen sonst? Bei manchen Sachen ist er einfach im Weg. Und jetzt beantworte mir folgende Frage: Liebst du das Abenteuer?«

Liebte ich das Abenteuer? Keine Ahnung. Aber die Frage zu verneinen, das war unmöglich. Das würde meinen Ruf in Ravenhorst ruinieren. Sie hatte mich eben erst Klugscheißer genannt. Mit diesem Spitznamen wollte ich hier nicht enden.

»Klar.«

»Willst du Grenzen überschreiten?«

Das klang gefährlich, aber . . . »Logisch.«

»Dann komm mit!«

»Mitkommen? Wohin?«

»Wirst du schon sehen. Zieh dich an.«

»Jetzt? Frau Sturm kommt doch gleich . . .«

»He, du hast nur diese eine Chance, die kriegt jeder von

den Novizen, also vermassle sie nicht. Zieh deine Sportsachen an und überlass den Rest mir.«

Im nächsten Moment sprang ich aus dem Bett. Meine Sportklamotten lagen in der Tasche unter dem Bett. Ich zog sie hervor und schlüpfte in die Trainingshose, das T-Shirt und die Schuhe.

»Du brauchst einen Pulli«, meinte Meg und warf einen Blick auf die Uhr. »Beeil dich!«

Ich zog den Schrank auf und nahm die rote Sweatshirtjacke heraus.

»Geht nicht«, Meg schüttelte entschieden den Kopf. »Genauso gut könntest du eine Warnblinkanlage sein.«

Sie streifte ihren Fleecepulli über den Kopf und warf ihn mir zu.

Ich zog ihn über.

Draußen auf dem Flur war es mittlerweile still geworden. Zeit für die Bettruhe.

»Und jetzt beginnt die Show. Auf eins, zwei, drei!« Im nächsten Moment war Meg mit ihren Schuhen unter der Bettdecke verschwunden. Nichts war mehr von ihr zu sehen außer wenigen roten Locken.

Ich stand im Zimmer und starrte sie irritiert an. Meg rührte sich nicht.

In diesem Moment hörte ich Frau Sturm auf ihrem Kontrollgang durch die Zimmer: Tür auf, Tür zu! Tür auf, Tür zu!

Stimmen aus dem Nachbarzimmer und im nächsten Moment machte ich dasselbe wie Meg. Ich rutschte unter die Bettdecke, biss mir auf die Zähne, als ich mich an meine

Schuhe erinnerte, und zog im letzten Moment die Decke über den Kopf.

Die Tür öffnete sich.

Mein Atem unter der Decke war so laut – als halle er wie in einem Tunnel nach. Die Supernanny musste doch merken, dass etwas nicht stimmte. Doch leise schloss sich wieder die Tür. Ihre Schritte verhallten. Gemurmel im Nachbarzimmer, Gekicher von gegenüber und aus dem Ostflügel, wo die Jungs untergebracht waren, rülpste jemand laut in die Dunkelheit der Nacht. Das anschließende Gelächter war über den Klosterinnenhof zu hören.

Im nächsten Augenblick wurde die Decke weggerissen.

»Pennst du etwa schon?«

»Quatsch!«

»Steh auf, es geht los.«

Ich knipste das Licht an.

»Licht aus!«, zischte sie. »Du weißt doch, dass Licht die Sturm anzieht wie die Fliegen.«

Meg trat an ihr Bett und klopfte Decke und Kissen zurecht.

»Es muss aussehen, als würden wir schlafen.«

Ich tat es ihr nach.

»Gib mir deine Hand, ich kenne mich im Dunkeln aus.«

Meg griff nach meinem Arm und zog mich leise mit sich.

Der Flur lag in völliger Stille, doch die Dunkelheit wurde von den sogenannten Klolampen erhellt. So nannten die Schüler die orangefarbenen Lichter, die über den Türen zu den Waschräumen und Toiletten angebracht waren, damit wir nachts den Weg fanden.

Ab und zu hörte man jemanden in einem der Zimmer husten und am Ende des Flurs ertönte ein lautes Schnarchen.

»Was meinst du, wer das ist?«, flüsterte Meg. Sie hatte eine schwarze Wollmütze über die roten Locken gezogen und sah ein bisschen aus, als plane sie einen Banküberfall.

»Keine Ahnung.«

»Die Nonne, sie hat was mit den Polypen.«

Ein Kichern überkam mich, ich versuchte, es zu unterdrücken.

»Kannst du nicht leiser gehen?«, zischte Meg.

Wir gelangten in den Speisesaal, wo sie über den Tresen der Essensausgabe kletterte.

»Aber . . .« Ich wollte protestieren.

»Was denn? Willst du immer die Regeln einhalten?«

Nein, auf keinen Fall! »Quatsch!«

»Na also!«

Wahnsinn, sie bewegte sich so leise, als würde sie – ähnlich wie Jesus über das Wasser – über dem Boden schweben. Warum nicht, dachte ich, schließlich war das hier einmal ein Kloster gewesen. Wieder stieg dieses Kichern in mir hoch. Der verzweifelte Versuch, es zu unterdrücken, endete in einem Hustenanfall.

»Spinnst du?«, zischte Meg. »Die Sturm sieht nicht nur gut, sie hat auch das Gehör einer Fledermaus!«

»Tut mir leid!«

»Wenn sie uns entdecken, dann gibt es Ärger, Riesenärger!«

Ich verstand ehrlich nicht, warum das Ganze so dramatisch sein sollte. Wir waren ja nur in der Küche, aber Meg murmelte etwas vor sich hin, das klang wie: »Novizen sind immer ein Risiko.«

Im nächsten Moment öffnete sie eine Tür und wir landeten in einem engen Hinterhof, der völlig von Mauern eingeschlossen war. Rechts an der Wand standen Müllcontainer, links die kahle Mauer, zahlreiche Zigarettenkippen und ... Meg zog mich vorbei und mit einem Mal tauchte vor uns eine schmiedeeiserne, völlig verwitterte Tür auf, die im dichten Efeu nur schwer zu finden war. Leise knarrte es in den alten Scharnieren, als Meg das Tor aufstieß.

»Sei vorsichtig, hier ist es rutschig«, warnte sie leise.

Warum klang ihre Stimme plötzlich so anders? Irgendwie heiser und – wenn mich nicht alles täuschte – lag eine unerklärliche Anspannung darin. Trotz Megs warmem Pulli kroch Gänsehaut über meine Arme, die augenblicklich zu kribbeln begannen. Fast ein Gefühl, als ob Ameisenschwärme dicht unter meiner Haut nach ihrem Weg suchten.

»Wo sind wir?«, fragte ich.

»Auf dem Friedhof, wo sonst.«

KAPITEL 9

Eine seltsame Nacht. Es war dunkel und dennoch erschien der Himmel mir weiß. Ich folgte Meg über eine Wiese. Das Gras roch nach Regen, nach Herbst und nach Tod. Aber das entsprang nur meiner Fantasie, denn wir stiegen über ein Gräberfeld an alten Grabsteinen und schmiedeeisernen Kreuzen vorbei. Ein leichter Wind wehte. Kaum spürbar und gerade deshalb so unheimlich.

Ich hatte keine Ahnung, wer die Toten waren, aber ich hoffte, ihre schneeweißen Gerippe würden sich nicht plötzlich aus den Gräbern erheben.

Irgendwo rechts hinten flackerte etwas Rotes, Unheimliches.

»Was ist das?« Vor Schreck fasste ich Megs Schulter.

»Was?«

»Das Licht!«

»Ach so, nur die Totenleuchte. Früher, im Mittelalter, brannte da immer ein Licht. Wir haben eine Kerze zur Erinnerung an Kira hineingestellt.«

Mir lief ein Schauer über den Rücken. Waren wir wegen Kira hier? Wollten wir unsere eigene Totenfeier veranstalten?

Meg wandte sich nun nach links, wo sich das Dach über dem Chorraum der Kirche erhob. Darunter hatte sich eine Gruppe dunkler Gestalten versammelt, die uns offensichtlich erwarteten.

»Mann, wo bleibt ihr denn?« Bastians Stimme klang ungeduldig.

»Hallo, Jule.« Nikolaj tauchte aus dem Dunkel auf.

Nikolaj! Wie gesagt, wir hatten uns unter der Woche nur im Unterricht gesehen und den Kuss hatte ich sozusagen schon im Archiv abgelegt. Okay, ich hatte mich auch nicht getraut, ihn von mir aus anzusprechen nach meinem Schwur, mich nicht mehr zu verlieben. Aber jetzt stand er plötzlich vor mir und lächelte sein schönstes McDreamy-Lächeln. Und ich hatte das Gefühl, dass mir nichts passieren konnte, solange er nur hier war.

»Ich sehe nichts«, sagte Meg, »verdammt, es ist stockdunkel!«

Neben mir flammte plötzlich ein Licht auf. Nikolaj hob eine Laterne hoch. »Mit besten Grüßen von Pater Antonius' Grab.«

Nach und nach erkannte ich die anderen. Außer Meg, Bastian und Nikolaj hatten sich noch Pink, Indi, Danny und Sonja versammelt

»Was ist mit Trixie?«, fragte Meg.

»Trixie fühlt sich nicht gut«, erklärte Pink.

»Ach was, sie will sich nur wieder drücken.«

»Warum sind wir hier?« Sonja versuchte, die Angst in ihrer Stimme zu unterdrücken, doch es gelang ihr nicht besonders gut. »Und warum haben wir die Laternen von den Gräbern geholt?«

Warum hatten sie ausgerechnet Sonja mitgenommen? Sie war schließlich nicht gerade der Typ für Abenteuer. Aber dann fiel mir ein, was Meg gesagt hatte. Jeder der Novizen bekam eine Chance. Eine Chance wofür?

»Immer cool, Prinzessin«, murmelte Bastian. »Ich verspreche dir, das wird die geilste Nacht deines Lebens.«

Seltsamerweise schien Sonja das zu beruhigen.

»Ihr beide, Sonja und Jule, müsst schwören, dass ihr uns nicht verpfeift«, bestimmte Meg. »Das hier geht nur uns etwas an.«

Ich zögerte keinen Moment. Wie auch? Ich war bereits hier. Ich konnte nicht zurück, wollte nicht zurück. Schließlich stand ich dicht neben Nikolaj – zwischen uns nur die Laterne von Pater Antonius' letzter Ruhestätte.

»Ich bin verschwiegen wie ein Grab«, murmelte ich.

Leises Gelächter stieg auf.

»Prinzessin?«, sagte Bastian.

»Ich verrate euch nicht, ehrlich.«

»Okay«, flüsterte Indi, »fangen wir an.«

»Komm«, Nikolaj zog mich in den Kreis. Seine Hand umklammerte meine, als gehörten sie für immer zusammen.

Mann, Jule, komm wieder runter!

»Für Kira«, sagte Meg. »Sie hat ihre Entscheidung getroffen und wir müssen sie respektieren. Denn sie war eine von uns.«

Der Rest wiederholte den Satz.

»Denn sie war eine von uns.«

»Weil wir nicht konform gehen.«

»Weil wir nicht konform gehen.«

»Weil WIR entscheiden!«

»Weil WIR entscheiden!«

»Weil wir die Schwerkraft überwinden.«

»Weil wir die Schwerkraft überwinden.«

»Weil Klettern Intuition ist.«

»Weil Klettern Intuition ist.«

Ehrlich, das Ganze war total irre! Ich konnte es nicht glauben. Wir waren nicht in Ravenhorst auf dem Friedhof. Jemand hatte uns irgendwohin gebeamt, wo wir allein waren. Wo wir denken und tun konnten, was wir wollten.

Das war Freiheit!

Die Nacht war kühl, der leichte Wind plötzlich sanft, wie er über mein Gesicht strich und mir Tränen in die Augen trieb. Das Totenlicht flackerte heftiger. Die Bäume rauschten und ich dachte, das ist strange, total strange. Aber – und diese Erkenntnis ließ mich frieren – sie gehören zusammen, oder? Sie sind nicht allein. So wie du, seit Jasper dir die Freundschaft gekündigt hat und Lara dich ins offene Messer laufen ließ. Einer von uns hatte gehen müssen. Deswegen war ich hier.

Plötzlich kam Bewegung in die Gruppe.

»Wer fängt an?«, fragte Bastian.

»Ich und Nick«, bestimmte Meg.

Nikolaj rührte sich nicht von der Stelle.

»Okay, Nick?« Sie trat an seine Seite.

»Ich gehe mit Jule«, erwiderte er, »es ist besser, jemand zeigt ihr gleich den richtigen Weg.«

Plötzlich herrschte eisiges Schweigen. Meg wandte sich abrupt von ihm ab.

»Dann eben du, Danny!«, bestimmte sie.

»Macht schon«, meinte Bastian ungeduldig.

»Kann ich mit dir?«, fragte Sonja an Bastian gewandt.

»Wenn du willst, Prinzessin!«

Er zündete sich eine Zigarette an und hielt Sonja die Schachtel entgegen. »Auch eine?«

»Klar.«

Über ihrem Gesicht lag nun ein Ausdruck, als hätte sie eine heiße Nacht mit ihm verbracht. Wäre es nicht dunkel gewesen, ehrlich, sie hätte geglüht wie dieses Totenlicht.

»Wir machen das heute für Kira, okay!«, meinte Meg. Sie entfernte sich einige Schritte von der Wand und bevor ich noch begriff, was sie vorhatte, hatte sie bereits Anlauf genommen und war wie eine Katze die Wand hochgesprungen. Wenige Augenblicke später kletterte sie nach oben. Danny folgte ihr. Sie wartete, bis er sich auf derselben Höhe befand, und nun bewegten sie sich gleichmäßig und fast synchron die Wand der Kirche nach oben. Einen Moment später hingen beide an einem Mauervorsprung in Höhe der ersten Fensterreihe, wenige Sekunden danach standen sie auf dem schmalen Dach der Seitenkapelle. Die zwei sahen von unten aus wie Riesenspinnen, die in der Dunkelheit die Wand hochliefen, weil niemand sie störte. Ich legte den Kopf in den Nacken. Irgendwo dort oben musste sich der Glockenturm befinden. War das ihr Ziel? Mein Atem stockte und mir wurde nur vom Zusehen schwindelig. Und im nächsten Moment verschluckte sie die Nacht.

»Mein Gott!«, murmelte ich beeindruckt. »Gibt's da keinen einfacheren Weg, wenn man unbedingt aufs Dach will?«

Nikolajs Lachen hallte in der Nacht wieder. »Doch, im Innern gibt es eine Treppe, von der aus führt eine Dachklappe direkt zum Glockentürmchen.«

»Wäre einfacher, oder?«

»Meg ist Spiderwoman. Sie nimmt nie den einfachsten Weg.«

»Warum seilt sie sich nicht an?«

»Free solo, das heißt volles Risiko.«

»Was, wenn sie fällt?«, jammerte Sonja leise.

»Sie fällt nicht«, hörte ich Nikolaj. Er stand dicht neben mir. »Sie ist die Beste. Weißt du, was sie als Erstes hochgeklettert ist in ihrem Leben?«

»Einen Baum?«

»Nein, einen Hochspannungsmast.«

»Wahnsinn!« Ich schnaufte tief durch. »Das ist doch saugefährlich!«

»Genau.«

»Sie spielt mit ihrem Leben.«

»Wir alle tun das doch. Jeden Tag.«

Wie Kira, dachte ich. Aber ich sprach es nicht aus.

»Jetzt kommen wir«, hörte ich Indi. Im nächsten Moment berührten seine Hände die Wand, Sekunden später schwebte er über dem Boden. Pink war auf gleicher Höhe mit ihm. Auch sie bewegten sich in demselben Rhythmus.

»Aber das ist Wahnsinn!«

»Das ist nichts. In New York klettern sie Hochhäuser hoch und die Freiheitsstatue. Also, versuchst du es?«

»Klar.«

»Und dann wir«, sagte Bastian zu Sonja.

»Ich kann das nicht!«, Sonja klang bereits wieder weinerlich.

»Sie hat Höhenangst«, erklärte ich.

»Hätte sie auch früher sagen können. Sie wollte doch unbedingt mitkommen«, murmelte Bastian ungeduldig.

»Okay«, Sonja beherrschte sich mühsam, »ich schaffe das!« Ich musste mich zusammennehmen, um nicht mit den Augen zu rollen. Sonja würde augenscheinlich alles tun, nur um den richtigen Leuten zu gefallen.

»Nicht gefährlicher als Autobahnfahren, Prinzessin«, sagte Bastian jetzt und Sonjas kummervolle Miene erhellte sich plötzlich. Offensichtlich ging ihre Strategie auf.

Und ich?

»Keine Sorge«, hörte ich Nikolaj dicht neben mir. »Du schaffst das. Du hast die richtige Statur fürs Klettern. Meg meint, du hast Talent. Sie täuscht sich nie!«

Es war dunkel, aber ich hatte das Gefühl, er sah mich an.

»Meinst du?«

»Klar, bei den langen Beinen.«

Lange Beine. Er hatte meine Storchenbeine bemerkt. War das gut oder schlecht?

»Aber wenn du willst, seilen wir dich an.«

»Nein! Wozu habe ich die langen Beine? Zu irgendetwas müssen die ja nützlich sein!«

Wieder lachte er. Ich hörte ihn gerne lachen. Es klang wie Musik. Nicht Rap, Techno, Heavy Metal oder Hip-Hop. Nein, irgendeine schnulzige Ballade.

Zwei Schatten glitten die Wand herunter, abermals in atemberaubender Geschwindigkeit, und kurze Zeit später hörte ich einen Aufprall. Meg stand neben uns. Gleich darauf folgte ihr Danny und Minuten später waren auch Indi und Pink zurück.

»Okay«, sagte Pink außer Atem, »jetzt ihr.«

Nikolaj wartete auf mich.

Meine Hände berührten die kalte Mauer.

»Du kannst das!« Ich spürte seine Finger auf meinem Rücken. Es war nur eine leichte Berührung, doch sie fühlte sich so vertraut an, als besäße Nikolaj die Fähigkeit des Handauflegens.

Plötzlich hörte ich Megs Stimme, die auf einmal seltsam boshaft klang. »Lass sie, wenn sie nicht will.«

»Jeder kriegt diese Chance.«

»Kapier doch, Prinz«, zischte nun auch Pink. »Sie hat Schiss! Sie geht auf Nummer sicher in dem, was sie tut. Sie ist eines dieser Beamtenkids, dieser Kängurubabys, die nie den Beutel ihrer Mami verlassen.« Das »Mami« machte mich wütend. Ziemlich wütend.

Ich biss die Zähne zusammen und riss mich zusammen. Schaltete die Vernunft aus.

Mein rechter Fuß hatte kein Gefühl, als ich ihn aufsetzte, und die Hände rutschten an der kalten, feuchten Mauer ab.

»Mach einfach dasselbe wie ich.« Ich beobachtete, wie sich Nikolajs Füße in eine kaum wahrnehmbare Mauerritze schoben. Dann zog er sich nach oben. Vor Anstrengung stieß er Luft aus.

Ich tat es ihm nach. Schritt für Schritt. Zentimeter für Zentimeter. Es war einfacher, als ich dachte. Es gab genügend Vorsprünge, an denen ich mich festhalten konnte.

Ich spürte die Höhe nicht. Hatte kein Gefühl dafür, wie weit oben wir bereits waren. Es war auch egal. Ich wusste, er könnte schneller sein, doch er wartete auf mich.

Wir kamen erst ins Stocken, als Nikolaj kurz aufschrie.

»Was ist?«

»Nichts«, erwiderte er, aber ich spürte: Etwas war nicht in Ordnung. Er hing mit den Händen am Fenstersims, die Füße steckten in Mauerritzen und er bewegte sich nicht weiter.

»Alles in Ordnung, Nick?«, flüsterte Meg von unten

»Geht schon. Habe mich nur am Ellbogen aufgeschrammt.«

»Sei vorsichtig!« Meg klang besorgt.

»Ich sage doch, es geht schon.«

»Aber bitte leiser«, murrte Bastian. »Du weckst ja die Toten auf dem Friedhof auf.«

Meine Hände zitterten vor Aufregung. Ich fand kaum Halt.

»Übertreib nicht«, flüsterte Nikolaj einen halben Meter entfernt. »Es geht erst mal nur darum, dass du das Material spürst, dich mit ihm vertraut machst.«

»Sie kann's nicht«, hörte ich erneut Meg. »Sie kapiert nicht, dass sie eins werden muss mit der Wand.«

Eins werden mit der Wand, wie stellt die sich das vor, schoss mir durch den Kopf und: Was mach ich hier eigentlich? Bin ich total bescheuert? Wenn man uns erwischt, dann fliege ich vom Internat. Dann ist das Stipendium futsch. Dann muss ich zurück und jeden Tag Laras Grinsen ertragen.

Doch ich ließ nicht los, sondern folgte Nikolajs Anweisungen: »Genau! Rechter Fuß, noch einen Millimeter weiter nach rechts und dann presse die Fußspitze in den

Spalt, ja, perfekt. Und deine Hände dort oben in den Vorsprung.«

Er hatte recht. Meine Finger fanden eine Ritze. Ich zog mich hoch. Für wenige Sekunde hing ich in der Luft und fühlte mich plötzlich, ich weiß nicht, irgendwie leicht.

Nikolajs Stimme klang plötzlich anders, aufgeregt, fast euphorisch: »Stell dir vor, irgendwann stehen wir dort oben auf dem Dach und fühlen uns wie der König der Welt.«

Hat sich Kira auch so gefühlt, schoss es mir durch den Kopf. War sie vorher schon einmal dort oben gewesen? Hatte sie diesen Ort für ihren Tod gewählt, weil er ihr vertraut war? Weil sie sich hier oben mutig und stark gefühlt hatte? Doch das würde ich vermutlich nie erfahren.

Aus diesen Gedanken wurde ich durch ein unheimliches Flattern gerissen. Im nächsten Moment erschien über mir ein dunkler Schatten und senkte sich auf mich herab.

Etwas streifte meinen Kopf.

Ich stellte mir vor, wie ein großer Vogel sich in mein Haar krallte, und sah den spitzen Schnabel vor mir. Wie er begann, auf mich loszuhacken.

Ich schrie auf.

»Mann, willst du das ganze Haus zusammenschreien?« Meg war jetzt total wütend.

Ich klammerte mich fest, sah mich verzweifelt nach Nikolaj um – doch er war verschwunden. Etwas weiter unten sah ich eine dunkle Gestalt in Richtung Boden gleiten.

Wieder dieses Flattern.

Ich ließ los und fiel.

Wie hoch war ich gewesen? Nicht so hoch wie Nikolaj, aber zwei Meter mit Sicherheit.

Unwillkürlich versuchte ich, mich zu drehen, versuchte, den Boden zu erkennen, aber ich sah nur Dunkelheit. Das konnte nicht gut gehen. Ich hörte schon meine Knochen brechen, als ich einen Widerstand spürte. Jemand hielt mich fest. Ich klammerte mich an ihn. Hörte mich laut atmen. Nikolaj zog mich an sich.

»Alles okay! Es war nur eine Fledermaus, die dich erschreckt hat. Meg hat recht, du hast wirklich Talent!«

Ich genoss, wie er mich festhielt.

»Und, habe ich zu viel versprochen? War es ein geiles Gefühl dort oben?«

Doch Meg schaffte es wieder einmal, diese Stimmung mit einem Schlag zu vernichten: »Ich habe keinen Bock mehr. Und Sonja schafft es sowieso keinen Meter. Mann, hab ich euch nicht gleich gesagt? Mit Novizen gibt's immer nur Ärger. Sie hatten ihre Chance, das war's!«

Kiras Tagebuch

Eintrag No. 11

Ha, ich bin verliebt!

Verliebt, verknallt, verlobt, verheiratet!

Er hat mich eingeladen. Ich hatte keine Ahnung, was er von mir wollte, nur dass ich nachts auf den Friedhof kommen sollte.

Ich hatte ja keine Ahnung, was dort geschieht. Sie klettern die Wand an der Kirche hoch. Die totalen Profis! Vor allem Meg. Und ich gehöre jetzt dazu. Klar, wenn man uns erwischt, dann fliegen wir, aber Pink meint, das passiert nicht. Sie hat übrigens Videos gemacht, die wir auf Youtube stellen wollen.

Allerdings ist Pink zurzeit sauer auf mich. Sie hat Batbaby, die Fledermaus, gestern vor der ganzen Klasse wegen seiner Ohren verspottet. Ich konnte nicht mehr zuhören und meinte: »Lass ihn in Ruhe. Er hat dir doch nichts getan.«

»Er hat mir nichts getan? Aber ja doch. Er ist ein Schatten auf der Sonne meines Alltags. Fledermäuse dürfen nur nachts unterwegs sein. Und warum? Weil am Tag niemand ihren Anblick ertragen kann. Pass auf, Cinderella, mit deinem goldenen Haar. Du scheinst ihn ja zu lieben. Aber wenn er dich küsst, dann beißt er eigentlich zu, gräbt seine spitzen Zähne in deinen Hals und ... na ja, wenn du darauf stehst.«

Ich habe mit den anderen mitgelacht. Es war einfach witzig, wie sie ihre weißen Zähne gezeigt hat.

Am Abend hat Meg gesagt: »Pass lieber auf. Die wirklich spitzen Zähne hier hat Pink! Sie verschlingt dich mit Haut und Haaren, wenn du ihr in die Quere kommst.«

»Aber . . .«

»Versteh doch! Pink kann sich mit niemanden befreunden.«

»Das sagst ausgerechnet du?«

»Der Unterschied zwischen Pink und mir ist«, meinte Meg, »ICH will mich mit niemanden befreunden. ICH existiere nur für mich. Aber Pink, die will alles und jeden besitzen. Das ist ihr Problem. Du kennst die Geschichte mit ihrem Vater?«

»Nein.«

»Von mir erfährst du sie nicht.«

Und dann beim Abendessen warnte mich Pink: »Tu das nie wieder!«

»Was?«

»Mir in den Rücken fallen!«

Ach, was soll's. Was geht mich Batbaby an? Er wird mich nie küssen, denn meinen ersten Kuss, den reserviere ich für IHN. Er ist so verdammt cool! Ich liebe alles an ihm: das Kinn, die Nase, die Augenbrauen, den Mund, die Haare, die Ohren, seinen Geruch. Dann die Art, wie er geht, wie er die Beine auf den Tisch legt, wie er lächelt, wie er mich ansieht. Und – das Weiß auf seinen Fingernägeln, das Muttermal an seiner Schläfe, seine Wangenknochen, die Stirn – und – besonders wie er schweigt. Puuh – ich könnte noch tausend Dinge aufzählen, aber die Glocke läutet zum Abendessen.

Pink allerdings meint, ich solle mir keine Hoffnung machen. »Er ist nichts für dich, okay! Du wirst ihn in hundert Jahren nicht verstehen!«

KAPITEL 10

In der Nacht nach unserem nächtlichen Ausflug schlief ich wie ein Stein. Ich fühlte mich . . . ja, wie der König der Welt . . . als ob alles möglich wäre! Doch dann begegnete ich vor dem Frühstück ausgerechnet Frau Sturm, die mir vor dem Speisesaal in den Weg trat, fast als hätte sie mir aufgelauert.

»Guten Morgen, Juliane, du siehst ja so fröhlich aus!« Oh Gott, die Augen hinter den dicken Brillengläsern schienen hundertfach vergrößert. Konnte die keine Kontaktlinsen tragen?

»Gibt es etwas, was ich wissen sollte?«

»Nein.«

»Dann hast du dich gut eingelebt?«

»Klar, alles super!«

»Du hast dich noch für keine Sport-AG eingetragen.«

»Ich glaube, ich trainiere lieber im Kraftraum.«

Meg kam an uns vorbei. Mich traf ein misstrauischer Seitenblick.

Frau Sturm sah ihr nachdenklich nach.

»Hat Margit dich dazu überredet? Sie verbringt ja ihre ganze Freizeit dort.«

Ich schüttelte den Kopf.

»Wie klappt es denn mit ihr in einem Zimmer? Macht sie Probleme? Margit kann manchmal etwas schwierig sein.«

Frau Sturm machte eine kurze Pause und fuhr dann fort. »Hat sie jemals über Kira gesprochen?«

Pinks blonder Haarschopf tauchte auf. Langsam wurde ich nervös. Wollte die Sturm mich über Meg ausfragen? Versuchte sie herauszufinden, was das Problem zwischen Kira und Meg gewesen war, und benutzte mich als Spionin?

»Nein!«

»Sonst irgendwelche Schwierigkeiten? Ich meine, mit den anderen?«

Ich schüttelte stumm den Kopf.

»Gestern Abend . . .«, begann sie.

Vorsicht! Nun wurde ihr Blick geradezu lauernd. Warum konnten Erwachsene einen nicht in Ruhe lassen?

»Gestern Abend hatte ich das Gefühl, dass es auf eurem Stock etwas unruhig zuging.«

Ich zuckte mit den Schultern. »Keine Ahnung.«

Sonja trat aus der Tür zum Speisesaal und näherte sich uns. Sie blieb vor dem Schwarzen Brett im Foyer stehen, auf dem täglich die Änderungen des Stundenplans und wichtige Aktivitäten angezeigt wurden. Schüler, die sich irgendein Vergehen hatten zuschulden kommen lassen, wurden hier namentlich genannt.

»Habt ihr vielleicht eine der berühmten Mitternachtspartys veranstaltet?«

»Nicht, dass ich wüsste.«

Sie seufzte.

»Na ja, ihr haltet ja immer zusammen. Ein Rabe hackt hier dem anderen kein Auge aus.«

Krähe, dachte ich, es heißt Krähe, nicht Rabe.

Sonja wandte sich um und ging dicht an mir vorbei zurück in den Speisesaal.

Da war etwas, was mich beschäftigte. Ich wollte unbedingt mit Sonja reden. »Frau Sturm, ich muss los!«

Sie seufzte. »Ja, dann geh. Aber du weißt, dass du jederzeit mit mir sprechen kannst.«

Ich nickte und rannte Sonja hinterher. »He, Sonja.«

Sie blieb unwillig stehen. »Was wollte denn die Sturm von dir?«

»Keine Ahnung.«

»Du hast aber lange mit ihr geredet.«

»Ich kann ja schlecht zu ihr sagen: Ziehen Sie Leine, oder? Aber sag mal, meinst du, Bastian will was von dir?«

Ehrlich. Mit allem hatte ich gerechnet. Verlegenes Kichern, einen der bekannten Heulkrämpfe, Schweigen, aber nicht damit: Sonja wurde knallrot im Gesicht und die Spucke, die mich aus ihrem Mund traf, war total vergiftet, als sie zischte: »Halt die Klappe! Du bist ja nur neidisch! Oder meinst du etwa, Nikolaj will was von DIR? Pink sagt, du schmeißt dich total an ihn ran! Aber er hat schon lange was mit Meg! Schon seit letztem Jahr!«

Und dann ließ sie mich einfach stehen.

Nikolaj und Meg?

Nein!

Ich konnte es nicht glauben!

Hatte ich sie irgendwann einmal zusammen gesehen? Aber vielleicht wollte ich es nur nicht begreifen? Ich kannte schließlich keinen von beiden wirklich. Und für einen

Moment dachte ich: Du irrst dich! Nicht Sonja ist die Naive, sondern DU Jule, DU allein!

Und so musste es sein. Denn irgendwie verlief der Tag ganz anders, als ich mir es vorgestellt hatte. Ich war nicht länger der König der Welt. Nein, plötzlich behandelten mich alle, als wäre ich Luft. Alle bis auf Nikolaj, doch ich fand keine Gelegenheit, mit ihm zu sprechen. Ein paarmal sah es so aus, als würde er auf mich zukommen, aber immer, wenn er sich näherte, drängten sich Pink, Trixie oder Meg dazwischen. Als wollten sie verhindern, dass wir alleine waren.

Was war geschehen? Was hatte ich falsch gemacht? Ich konnte es nicht verstehen.

Und dann fand ich diesen Umschlag auf meinem Bett, als ich nach dem Abendessen ins Zimmer kam.

EINLADUNG ZUR PYJAMAPARTY
Donnerstag, 18.09.2008, 22:01 Uhr bis unendlich
III. Stock, Dormitorium
PSSSST . . . Strenge Geheimhaltung!
Dresscode!

Meg saß auf dem Bett und machte ihre Dehnübungen. Die Einladung im Hinterkopf, nahm ich allen Mut zusammen.

»Warum sprichst du eigentlich nicht mit mir?«

»Was?«

»Na ja, seit heute Nacht ignorierst du mich.«

»Heute Nacht? Ich habe keinen blassen Schimmer, wovon du redest.«

Ich war total verwirrt. »Seitdem wir geklettert sind . . .«

Abrupt brach Meg ihre Übung ab, setzte sich auf und deutete mit ausgestrecktem Arm auf mich: »Genau das ist das Problem mit euch Novizen.«

»Was denn?«

»Ihr könnt die Klappe nicht halten. Ihr wisst nicht, was ein Versprechen, ein Schwur bedeutet. Nicht darüber reden, meint NIEMALS und mit NIEMANDEM! Denn du weißt nie, wer ein Verräter ist oder wer dir etwas Böses will. Also SHUT UP!«

Aber genau das tat ich nicht, denn ich befand mich in einem seltsamen Zustand. Eine Mischung aus Furcht und Vorfreude, Verzagtheit und Hoffnung, aus Ausweglosigkeit und Abenteuerlust. Ich gab dem Verhältnis zwischen Meg und mir noch eine Chance.

»Werden hier eigentlich manchmal Partys gefeiert?«

Meg ließ sich vom Bett rollen, lag nun im Spagat auf dem Boden und beugte sich nach vorne, bis ihr Oberkörper eins wurde mit ihren Beinen.

»Wieso, bist du bei einer eingeladen?«

Täuschte ich mich oder zuckten ihre Mundwinkel?

»Nein!«

»Hätte mich auch gewundert.«

Die roten Haare fielen wie ein Vorhang über die Stirn, sodass ich ihr Gesicht nicht sehen konnte.

Ihr Verhalten gab mir einen Stich ins Herz. Okay, das war's wohl. Denn wenn ich eins aus der Geschichte mit Jasper gelernt hatte: NIE, NIE WIEDER würde ich jemanden so anbetteln.

Außerdem stand auf der Einladung PSSSST! Und Hauptsache ICH war eingeladen. Meine Stimmung hob sich. Ich war gerade dabei, die Schultasche für den nächsten Tag zu packen, als Meg zu meiner Überraschung fragte: »Wie findest du Nick?«

»Nikolaj?«

»Ja, genau, Nikolaj.«

Meg sagte nichts ohne Absicht, so viel hatte ich schon kapiert. Sie verschwendete keine Worte. Sätze waren für sie wie Geld – sie überlegte genau, wofür sie diese ausgab.

»Warum?«

»Er quatscht dich ständig an, obwohl ich keine Ahnung habe, warum.«

Warum nicht, wollte ich schon dagegenhalten, aber ich konnte mich beherrschen.

»Na ja«, sagte ich vorsichtig, »er ist nett!«

»Nett? Nett sind Kuscheltiere!« Meg erhob sich vom Bett und ging an ihren Schreibtisch. »Nikolaj ist ein Geschenk Gottes an die Frauen.«

Ich dachte nur: Stimmt!

»Aber er hat nicht auf dich gewartet.«

Sonjas Anspielung schoss mir durch den Kopf, Meg hätte etwas mit Nikolaj. War etwas an der Sache? War Meg eifersüchtig auf mich? Das war nicht gut. Das war ganz und gar nicht gut.

»Schaust du heute Abend mit mir Popstars?«, fragte Emilia beim Abendessen und schaufelte wie üblich eine Portion Cornflakes in sich hinein.

»Sag mal, isst du nie etwas anderes?«

»Wieso, heute Mittag habe ich Spaghetti gegessen.«

»Weil es mittags keine Cornflakes gibt.«

»Stimmt!«

»Warst du schon einmal auf einer Pyjamaparty?«, murmelte ich.

Die Frage rutschte mir einfach so heraus. Aber Emilia schien vollkommen ahnungslos.

»Nö«, meinte sie. »Ich hätte auch nichts anzuziehen. Ich schlafe nackt.« Danach lachte sie sich halb tot.

»Ihh«, Sonjas Quiekestimme erklang über den Tisch. »Emilia schläft nackt.«

Der ganze Tisch lachte und Emilia – sie lachte einfach mit. Ihre kurzen Löckchen – in der derselben Farbe wie die Schokoflakes – wippten.

»Macht dir das nichts aus?«, fragte ich.

»Was?«

»Wenn alle über dich lachen.«

»Nein! Ich nehme mich ja selbst nicht ernst.« Das Lächeln verschwand aus ihrem Gesicht. »Und das solltest du auch nicht.«

»Wenn ich es nicht tue, wie soll mich dann ein anderer respektieren?«

»Respekt hat man immer vor Leuten, die man eigentlich fürchtet, sagt meine Mutter. Die kommt aus Italien. Da gibt es nur Liebe oder Hass. Aber Respekt«, Emilia reckte beide Hände in den Himmel: »Rispetto! Was ist das?« Und dann: »Also, schaust du nun mit mir Popstars oder nicht?«

»Nein«, log ich. »Ich bin müde.«

Viel Auswahl hatte ich nicht gerade für die Party. Ich musste mich entscheiden zwischen einem riesigen olivgrünen Flanellnachthemd, das gut gepasst hätte, wenn ich mit meiner Bundeswehreinheit zum Zelten gehen wollte, und einem orangefarbenen Schlafanzug, auf dem Snoopy mit riesiger Sonnenbrille surfte. Mammi hatte ihn bei H&M gekauft in dem Wahn, das sei süß. Ich entschied mich für Snoopy.

Als ich mich auf Zehenspitzen aus dem Zimmer schlich, hatte ich den Eindruck, dass Meg schlief. Überhaupt schienen alle entweder schon auf der Party zu sein oder sie schliefen. Oder die dicken alten Mauern verschluckten jegliche Geräusche. Klösterliche Stille lag über Flur und Treppenhaus.

Mir war kalt. Ich konnte nicht glauben, dass wir Mitte September hatten. Hey, das fühlte sich an wie Sibirien. Diese Mauern erfüllten nur eine Aufgabe, die Kälte zu speichern. Ich fror in meinem Snoopy-Outfit und wünschte mir, ich hätte einen Pulli darübergezogen. Nicht nur der Kälte wegen, sondern auch, weil ich mir albern vorkam. Ich trug meine Zebrahausschuhe, riesige Plüschdinger von C&A. Ehrlich, ich hatte Mammi wirklich lieb, aber ihr Geschmack war dermaßen katastrophal, dass man eine Gehirnwäsche bei ihr durchführen müsste, um das zu ändern.

Es gab nur zwei Möglichkeiten: umdrehen und wieder ins warme Bett abtauchen oder über mich selbst lachen – wie Emilia. Ich entschied mich für das Letzte und grinste vor mich hin, während ich unter den strengen Blicken ehemaliger Äbte die Steinstufen nach oben schlich.

Am liebsten hätte ich den Jungs zugerufen, sie sollten nicht so verdammt frostig aus der Kutte schauen. Aber natürlich tat ich nichts dergleichen, sondern suchte mir stattdessen den Weg durch die Dunkelheit. Ich begegnete niemandem und erreichte den dritten Stock ohne Probleme. Am Ende des Flurs blieb ich vor der Tür zum Dormitorium stehen, einem Raum im dritten Stock des Mädchenhauses. Hier hatten die Schülerinnen der Abiturklasse ihre Schlafräume. Sie wurden kaum kontrolliert. Sie trugen auch keine Schuluniform mehr, sondern erschienen zum Unterricht in ihrer normalen Kleidung. Ab und zu vermieteten sie diesen Raum gegen Geld an die jüngeren Schüler für ihre geheimen Mitternachtsfeten. Wie heute.

Nichts war zu hören. Keine Musik, kein Gelächter, nicht einmal leise Stimmen. Aber vielleicht gehörte das zum Programm Pyjamaparty, Flüsterparty – Knutschparty!

Immerhin erkannte ich einen Lichtschimmer durch den Türspalt. Langsam drückte ich den Griff nach unten, zog die Tür auf und – es dauerte nur wenige Sekunden und ich begriff: Ein Fehler! Ein Riesenfehler!

Emilias Strategie, über sich selbst zu lachen – die funktionierte bei mir nicht. Ich wäre am liebsten vor Scham im Boden versunken. Mein Gesicht wurde heiß. Die Pforten der Hölle öffneten sich. Im Fegefeuer war ich bereits. Mein Gesicht glühte wie eine Ampel, die plötzlich auf Rot sprang.

Alle waren normal gekleidet: Jeans, T-Shirt, Turnschuhe.

Ich war die Einzige, die einen PYJAMA trug.

Und mir war sofort klar: Das war kein Zufall! Kein Irrtum.

Nein – man hatte mir eine Falle gestellt, mich hineingelockt, und ich – oh, wie bescheuert, wie dumm, wie verblödet – war hineingetappt.

Und als sei diese Selbsterkenntnis nicht bereits Strafe genug, brachen alle in grölendes Gelächter aus und klatschten Beifall.

»Wo willst du denn in diesem Outfit hin?«, rief irgendjemand, nein, nicht irgendjemand, sondern Bastian. »Bist du vielleicht mondsüchtig?«

»Na klar«, es war Trixie, die schrill auflachte, »ist ja auch Vollmond.«

»Aschenputtel lässt grüßen«, hörte ich Sonja.

In der nächsten Sekunde drehte ich mich um, stieß gegen das Türblatt, was mit erneutem Gelächter kommentiert wurde, und dachte nur noch: Weg! Einfach weg! So schnell wie möglich!

Ich rannte den Weg zurück, den ich noch vor wenigen Minuten so hoffnungsvoll entlanggegangen war. Jetzt blickten die Mönche nicht mehr streng, sondern ihre Augen sprühten vor Spott. Ich hielt den Blick auf meine Füße gesenkt, die in diesen albernen Hausschuhen steckten. Mein Gesicht brannte vor Scham und Erniedrigung. Als ich die ersten Stufen der Treppe nahm, rutschte mir einer der Zebraschuhe vom Fuß. Der alte Steinfußboden war eiskalt. Ich versuchte, den Schuh im Laufen überzuziehen. Erst als jemand an meine Schulter fasste, hob ich den Kopf. Vor mir stand Nikolaj.

»Gehst du nicht auf die Party?«, fragte er.

Er war also auch eingeladen, doch mit einem Blick stellte ich fest: Er trug seine normalen Sachen. Ihn hatten sie nicht reingelegt. Natürlich nicht. Er wusste, was gespielt wurde!

»Nein!«

»Was ist los?« Er legte die Hand auf meine Wange und wollte mich an sich ziehen, als ich schrie: »Lass mich in Ruhe! Lasst mich einfach alle in Ruhe.«

Und dann rannte ich davon.

Im Zimmer zurück, saß Meg auf dem Bett und las.

»Du hättest mich warnen können«, sagte ich.

»Warum sollte ich?« Täuschte ich mich oder lag ein hämisches Grinsen in ihrem Gesicht?

»Es wäre fair gewesen.«

»Fair? Warum sollte ich ausgerechnet dir gegenüber fair sein?«

»Weil . . .« Ihre Coolness brachte mich total aus dem Konzept. Ich verstand nicht, wie man so gefühllos sein konnte.

»Hier kämpft jeder für sich. Je eher du das kapierst, desto besser. Entweder du gewinnst oder du verlierst. Wie Kira!«

»Wie Kira?«

»Genau!«

»Aber sie ist tot!«

»Klar ist sie tot! Sie hat aufgegeben.«

»Was hat das mit mir zu tun?«

»Wenn du das selbst nicht weißt.«

»Was meinst du?«

»Lass einfach die Finger von Nikolaj, dann passiert dir nichts.«

Jetzt verstand ich gar nichts mehr. »Nikolaj?«

»Lass ihn in Ruhe, okay! Er gehört mir.«

Sie war eifersüchtig! Meg, die Unantastbare! Sie war zu einem der primitivsten Gefühle fähig, das ein Mensch haben kann – Eifersucht!

»Er gehört niemandem«, erwiderte ich. »Und wenn du weißt«, fügte ich noch hinzu, »was mit Kira geschehen ist, dann musst du das sagen.«

»Ach ja, Miss Klugscheißer! Warum? Weil dein Vater ein Bulle ist?«

Ich fühlte mich einfach beschissen und vermutlich war es ein Fehler. Genau der falsche Satz zur falschen Zeit. Und ich meinte es ja auch nicht ernst, aber ich entgegnete eiskalt: »Genau! Und wenn du es nicht sagst, dann tue ich es.«

Das war mein größter Fehler an diesem Tag.

Kiras Tagebuch

Eintrag No. 13

Ich hatte als Einzige einen Pyjama an! Nein, halt, wäre es wenigstens ein Pyjama gewesen. Ich trug ein Nachthemd mit einem Pferd auf der Brust. Echt, ich wäre am liebsten gestorben! Im Erdboden versunken! Es war sooo peinlich! Und dann bin ich auf dem Rückweg auch noch IHM begegnet. Er wusste nichts, hat mich mit seinen Armen aufgehalten und für einen Moment dachte ich, ich falle in Ohnmacht. Mann, er roch so gut und sein Mund war meinem so nahe. Aber dann sah ich mich selbst. Das bescheuerte kackbraune Pferd direkt auf meiner Brust. Ich bin gerannt, so schnell ich konnte. Die ganze Nacht habe ich in mein Kissen geheult. Dieses verfluchte Nachthemd. Ich werde es verbrennen, ins Klo schmeißen, zerschneiden und schlafe lieber nackt, als es noch einmal anzuziehen. Apropos nackt – da muss ich schon wieder an IHN denken.

Meg meint, das war Pinks Rache, weil ich ihr im Fall Fledermaus in den Rücken gefallen bin und wegen IHM.

Plötzlich traue ich niemandem mehr.

KAPITEL 11

Wie betäubt saß ich am nächsten Morgen im Klassenzimmer. Es regnete mal wieder und der Himmel war genauso grau, wie ich mich fühlte. Vor dem Fenster das ewige, eklige, ätzende Krächzen debiler Vögel, vor der Tür das bissige, gehässige, hämische Lachen boshafter Mitschüler.

Mach es wie Emilia, sagte ich mir, lach über dich selbst. Vergeblich. Es gelang mir nicht. Mich quälte nicht nur die Tatsache, dass ich mich zum Affen gemacht hatte – vermutlich würde in aller Zukunft mein Spitzname Snoopy sein –, sondern man hatte mich bewusst ins Messer laufen lassen.

Dieser verdammte Schlafanzug. Ich würde ihn das Klo hinunterspülen, mit der Schere zerschneiden, ihn auf dem Schulhof verbrennen.

Und dann noch die Erinnerung an Nikolaj. Er hatte mich in Snoopy gehüllt gesehen!

Schrecklich!

Vielleicht war es aber auch ein passendes Outfit für meine Dummheit und Naivität. Ich hatte nichts Besseres verdient!

Pyjamaparty!

Wir waren doch nicht in der Unterstufe.

Aber warum ich? Warum? Wieso? Weshalb? Mir fiel kein Grund ein. Noch vor zwei Tagen war alles in Ordnung gewesen. Und jetzt? Was war passiert? Ich zermarterte mir das Gehirn. Okay, Meg war offenbar eifersüchtig – das hatte ich kapiert. Aber sie war überhaupt nicht auf der Party gewesen. Konnte es sein, dass sie dennoch die Fäden im Hintergrund zog? Und alle waren ihre Marionetten? Handelten auf ihre Anweisungen? Zappelten nach ihrer Regie?

Wie betäubt kämpfte ich mich bis zur letzten Stunde durch ein Schweigen, das sie verabredet haben mussten. Sie tuschelten hinter meinem Rücken, ich spürte, wie sie spöttische Bemerkungen über mich machten, Gespräche verstummten jäh, wenn ich vorbeikam. Und Nikolaj? Er war nicht zum Unterricht erschienen. Ich wollte Emilia fragen, wo er war, als sie mir zuflüsterte: »Hast du schon gesehen?«

»Was?«

»Du bist in YouTube?«

»Ich?«

»Ja.«

»Wieso . . .«

»Sie haben dich gestern fotografiert.«

Mir wurde schlecht.

Ich war im Internet zur Besichtigung freigegeben. Jeder konnte mich herunterladen und sich über mich kaputtlachen.

Ich starrte auf die schwarze fette Spinne, die sich vor dem Fenster in rasender Geschwindigkeit abseilte. In der Mitte des Fensterkreuzes machte sie halt, schwang sich einmal um die eigene Achse und blieb an der Scheibe kleben, als beobachte sie mich.

Spinnen sind ekelhaft.

Ich hasste in diesem Moment alle Tiere, die schwarz waren. Am liebsten wäre ich aufgesprungen, hätte das Fenster aufgerissen, um sie in die Hand zu nehmen und aus dem dritten Stock zu schleudern.

Von all diesen Dingen merkte Frau Sturm, die Supernanny, natürlich rein gar nichts. Sie stand vor der Tafel mit dem Rücken zu uns und zeichnete Kurven an die Tafel, wobei sie lautstark Formeln herunterratterte, als feuere sie ein Maschinengewehr ab. Ich versuchte vergeblich, mich zu konzentrieren.

»Sinus, Kosinus und Tangens sind bestimmte Verhältnisse zwischen Winkel und Seiten. Wenn man zwei Seiten hat, kann man mithilfe dieser Sätze ganz einfach einen Winkel ausrechnen.«

»Oho! Ich würde gerne jeden Winkel an deinem Körper ausrechnen, Prinzesschen!«, flötete Bastian mit dem für ihn typischen anzüglichen Unterton Sonja zu.

Bis auf Pink lachte jeder. Sogar die Nonne und die Fledermaus verzogen ihr Gesicht. Sonja wurde rot, aber trotzdem sah sie ungeheuer zufrieden aus. Wahrscheinlich dachte sie, dass solch ein Spruch ein Zeichen war, dass sie in der klösterlichen Hackordnung ihren festen Platz gefunden hatte.

Frau Sturm war kurz davor, die Geduld zu verlieren. »Ruhe! Noch so eine Bemerkung, Bastian, und du . . .«

»Du bist wirklich sexsüchtig!«, rief Emilia. »Du brauchst Hilfe. Ich empfehle dir www.anonyme-sexsüchtige.de.«

»Was heißt hier anonym?«

Wieder lachten die anderen.

»Himmel! Ich möchte jetzt endlich mit dem Unterricht fortfahren . . . Juliane?«

Ich schrak aus meinen Gedanken.

»Komm an die Tafel und erkläre uns, was der Arcus Sinus ist . . .«

»Aber ich kann . . .«

»Tu doch nicht so«, rief Trixie, »wir wissen schließlich, dass du dir den neuen Stoff schon tagelang vorher reinziehst. Von wegen superintelligent – lernen kann jeder . . .«

»Offensichtlich nicht«, erklärte Frau Sturm, »sonst befänden sich deine Noten nicht im freien Fall nach unten . . .«

»Mein Vater bezahlt schließlich ein Vermögen hier für mein Abitur . . .«

»Das nicht käuflich ist . . .«

»Nein, nur für den, der es sich leisten kann . . .«, kommentierte Pink seelenruhig und inspizierte ihre grellpinken Fingernägel.

Ich ging an die Tafel und fiel in den totalen Blackout, schwitzte Blut und Wasser. Die wenigen Formeln, an die ich mich erinnerte, verschwammen vor lauter Panik in meinem Kopf. Lösten sich einfach in ihre Bestandteile auf.

»Was ist mit dir los, Jule?«, hörte ich Frau Sturm.

»Zu lange gefeiert gestern!«, rief irgendjemand.

Lachen.

Frau Sturm seufzte: »Setz dich! Ich dachte wirklich, Juliane, auf dich kann ich mich verlassen.«

Das war schlecht. Das war verdammt noch mal schlecht!

Nach der Stunde ging ich nach vorne: »Kann ich Sie kurz sprechen?«

»Was gibt es?«

»Ich finde es nicht gut, wenn Sie . . .«

Die Lehrerin schaute auf ihre Uhr. »Ja . . .?«

». . . Wenn Sie mich immer an die Tafel holen, um . . .«

»Du beherrschst den Stoff doch, ich sehe da kein Problem . . .«

»Aber die anderen . . .«

»Die anderen können nur davon profitieren. Was meinst du, weshalb hier an dieser Schule Stipendien vergeben werden? Damit Schüler wie Nora oder Beatrix Vorbilder haben. Oder hast du mit ihnen ein Problem? Soll ich mit ihnen reden?«

Um Gottes willen! Bloß das nicht!

»Nein, ich will nur kein Vorbild sein!«

»Du bist aber eines, du kannst das nicht ändern, sonst wärst du ja gar nicht an der Schule.« Sie schaute mich eindringlich an und es fiel mir verdammt schwer, ihrem Laseraugenblick standzuhalten. »Willst du dich etwa bei Nora einschmeicheln? Wie alle anderen? Nora ist eine schwierige Schülerin, aber sie lässt sich nicht helfen. Sie will alles und am Ende wird sie nichts bekommen. Ein Mädchen wie du befreundet sich nicht mit ihr.«

Ein Mädchen wie du? Was sollte das heißen? Was war ein Mädchen wie ich?

Ich kehrte an meinen Platz zurück, suchte deprimiert meine Sachen zusammen und packte sie in die Schultasche. Wo war das Heft? Hatte ich es bereits eingesteckt?

Auch mein Mathebuch fehlte, es war nirgends zu sehen. Die Tische waren alle leer, die Stühle hochgestellt. Ich bückte mich. Ach verdammt, wo war das blöde Buch nur? Nein, heruntergefallen war es auch nicht. Vielleicht hatte Sonja es aus Versehen mitgenommen.

Ich verließ den Raum und bahnte mir den Weg durch eine Gruppe von Jungs, die sich vor dem Klassenzimmer balgten. Der kleine Kevin aus der Fünften, der Kiras Leiche auf dem Hof entdeckt hatte, erhielt einen Stoß in den Rücken, verlor das Gleichgewicht und knallte gegen die Wand.

Noch so ein Loser.

Aber sorry, ich hatte meine eigenen Probleme.

Ich verließ das Schulgebäude und trat ins Freie. Der Regen hatte nachgelassen, doch durch den Talkessel, in dem Ravenhorst lag, fegte ein kühler Wind. Die Stromleitungen surrten und die Raben, die sich an den Drähten festklammerten, hatten Probleme, sich auf den dünnen Leitungen zu halten.

Was war da vorne los?

Vornehmlich jüngere Schüler hatten sich unter dem Kastanienbaum versammelt. Aus ihrer Mitte stieß Rauch auf. Hatten sie ein Feuer gemacht? Besser, sie wurden nicht erwischt dabei.

Aber unter ihnen erkannte ich auch Pink, Trixie und – Sonja. Ich nahm allen Mut zusammen: »Sonja, kannst du in deiner Schultasche nachsehen, ob du mein Mathebuch eingepackt hast?«

Nun verstummten endgültig alle Gespräche. Ein Windstoß erfasste mich. Ich schwankte kurz und fast schien es, als ob eine eiskalte Hand mich näher zum Feuer schob.

»Keine Ahnung«, erwiderte Sonja und ließ sich von Trixie wegziehen, die sich nach wenigen Metern umwandte und mit übertrieben hoher Stimme spottete: »Oh Miss Klugscheißer hat ihre Sachen verlegt. Nein, wie peinlich!«

»Das gibt mit Sicherheit einen Eintrag ins Klassenbuch«, fiel Sonja ein und Bastian konnte natürlich seine Klappe auch nicht halten. »Oder Nachsitzen.«

Warum lachte der Idiot eigentlich so albern?

»Dann wollen wir doch mal sehen, was Miss Kosinus bringt, wenn sie nicht vorlernen kann«, sagte Pink gehässig.

Zwei Siebtklässler stocherten mit langen Stöcken im Papierkorb herum, aus dem eine hohe Flamme schlug.

»Passt lieber auf«, warnte ich sie.

Plötzlich gellte ein lauter Pfiff über den Schulhof. Die Warnung verbreitete sich blitzschnell: Worst case! Big mama is coming!

Im nächsten Moment waren alle verschwunden und ich wandte mich ebenfalls zum Gehen, als Frau Schüler auftauchte und streng auf den Abfallkorb deutete.

»Was bedeutet das?«

»Keine Ahnung.«

Big Mama hielt mich an der Schulter fest. »Wer ist für das Feuer verantwortlich?«

Nun, ich wusste es nicht und daher zuckte ich lediglich mit den Schultern.

»Ich habe dich etwas gefragt!« Frau Schülers Stimme

schaltete auf Kampfansage. »Keine Sorge, ich finde es heraus!« Sie fischte mit dem Stock geschmorte blaue Plastikfolie heraus, an der einige Blätter hingen.

»Was ist das denn?« Nun hörte sie sich kälter, schneidender an als der Windstoß, der ihr durch die streng frisierten weißen Haare fuhr. »Kannst du mir das erklären?«

»Was?«

Zwischen langen Fingern hielt Frau Schüler etwas in die Höhe, das mir bekannt vorkam. Es sah aus wie ... Oh nein! Aus Sorge wurde Angst, aus Angst Panik, die mir die Tränen in die Augen trieb. Ich würde das Buch ersetzen müssen. Was kostete es? Mindestens zwanzig Euro.

Erneut stach Frau Schüler in die Tonne und nun zog sie etwas Rotes hervor. Ein roter Heftumschlag, wie Wachs geschmolzen. Daran hingen Papierfetzen wie Haut. Das Matheheft. Ich konnte noch den Rest einer Formel erkennen. Und es war eindeutig meine Schrift. Genauso wie das Buch mir gehört hatte.

»Juliane, kannst du mir das erklären?«

»Nein.«

In diesem Moment erklang eine Stimme hinter uns. »Aber ich. Ich kann es erklären.«

Hinter uns stand Nikolaj. Wo war er gewesen? Zudem bereitete mir die auffallende Blässe seines Gesichts wie auch die dunklen Ringe unter den Augen Sorgen.

»Du kannst das erklären? Ich dachte, dir wäre übel und du müsstest im Bett bleiben?«

»Schon wieder okay«, murmelte er, ohne mich anzusehen.

»Und? Was hast du damit zu tun?« Sie deutete auf den Papierkorb, wo die Reste meiner Mathematiksachen vor sich hin glühten. »Warum hast du das gemacht?«

»Warum?«

»Ja – sprech ich eine andere Sprache? Warum?«

»Warum nicht?«

Nichts spiegelte sich in seinem Gesicht. Er blickte so ernst, so ungerührt, so absolut cool – hätte ich es nicht besser gewusst – echt, ich hätte ihm die Nummer abgekauft.

»Von Bülow, ich möchte den Grund wissen.«

»Nun, Mathematik gehört nicht zu meinen Lieblingsfächern.«

»Und da verbrennst du so einfach ein Buch, das dir a) nicht gehört und b) auch noch in aller Öffentlichkeit?«

»Sonst macht es keinen Sinn!«

»Keinen Sinn?«

»Na ja, es heimlich verschwinden zu lassen.«

»Wieso verschwinden lassen . . .«

»Wegen der Hausaufgaben . . .«

»Welche Haus. . .«

»Die Frau Sturm uns aufgegeben hat. Ehrlich, ich hätte die ganze Nacht sitzen müssen. Sinus, Kosinus, Tangens . . . ich habe keinen blassen Schimmer, außerdem finde ich es eine Zumutung, dass Frau Sturm . . . also, dass sie nicht fähig ist, uns den Stoff vernünftig zu erklären.«

Sie gab auf. Big Mama gab tatsächlich auf. Ich erkannte es an ihrem verwirrten Gesichtsausdruck und wie sie sagte: »Das wird ein Nachspiel haben, von Bülow.«

»Für Frau Sturm?«, fragte Nikolaj höflich.

Unwillkürlich musste ich grinsen.

Frau Schüler aber wandte sich auf dem Absatz um und entfernte sich mit energischen Schritten Richtung Direktorat. Ein Schwarm Raben flog über ihrem Kopf, als hätte sie Begleitschutz angeheuert.

Klack, klack! Klack, klack! Klack, klack!

Diesmal würden garantiert Löcher in den Pflastersteinen zurückbleiben.

Nikolaj und ich standen eine Weile schweigend nebeneinander. Schließlich sagte ich: »Danke, aber ich brauch' dein Mitleid nicht. Und natürlich bekommst du das Geld zurück!«

»Ich habe schon verstanden. Ich soll dich in Ruhe lassen. Das hast du mir gestern Abend ja deutlich genug gesagt.«

»Ich werde zu Frau Sturm gehen und das Ganze erklären.«

»Wie willst du das erklären?«

»Ich werde sagen, ich hätte das Buch verbrannt, was sonst.«

Seine Hand fuhr über die Augen. »Ich habe es gewusst, verstehst du?«

»Was?«

»Was sie vorhatten, und ich habe es nicht verhindert.« Er sah müde aus, total erschöpft. Was war los mit ihm?

»Warum hast du es nicht verhindert?«

»Ich . . .«

»Was?«

Er schwieg.

»Kannst du mir wenigstens verraten, was sie gegen mich haben?«

»Vielleicht brauchen sie keinen Grund?«

Ich war so wütend. Fühlte mich im Stich gelassen. Ich hatte mich in ihm getäuscht. Er war wie alle anderen. McDreamy war ein Feigling!

Die Worte schienen nun wie von selbst aus mir hervorzusprudeln. »Und was soll ich dagegen tun? Vor Gericht gehen? Zum Direktor rennen und petzen? Damit ich genau zu dem Monster werde, das sie in mir sehen? Das absolute Hassobjekt? Die Musterschülerin, Streberin, Verräterin, Spionin! Der Lehrerliebling, Außenseiter, Freak! Ich bin doch offensichtlich für die die niedrigste Kaste. Wie nennen die in Indien das?«

»Paria«, erwiderte Nikolaj ruhig.

»Genau, ich trag nun mal kein VON in meinem Namen. Ich kann für mein Abi nicht zahlen, ich muss es abarbeiten, ganz einfach. Nicht wie du und all die anderen.«

»He«, Nikolajs Stimme klang bitter, »ich wusste nicht, dass du auch noch darin perfekt bist.«

»Worin? Worin bin ich denn perfekt, was?«

»Im Selbstmitleid.«

Und dann war er verschwunden.

Ich stand allein auf dem Schulhof.

»Ach Fuck!«, schrie ich hinaus in die Kälte. Und gleich noch einmal: »Fuck, fuck, fuck!«

Ein Windstoß nahm die Worte mit und trug sie nach oben zu den Drähten, wo die Raben saßen und plötzlich von einer Sekunde zur anderen aufgeschreckt davonflogen.

»Genau«, brüllte ich. »Ihr seid auch gemeint!«
Und zur Sicherheit brüllte ich noch einmal: »Fuck!«
Ein gutes Wort, ein verdammt gutes Wort.
Es klang nämlich nicht nach Selbstmitleid!

Kiras Tagebuch

Eintrag No. 17

Es ist passiert!

Der Himmel tat sich auf!

Okay, ehrlich gesagt regnete es draußen, aber in meinem Herzen wurde es hell. Ich bin so . . . ach, ich weiß gar nicht, was ich sagen soll. Wie es beschreiben? Dieses geniale Gefühl von Macht, wenn man meint, alles zu können, alles zu schaffen, vielleicht sogar wie Jesus über das Wasser schreiten zu können. Oma würde jetzt sagen, versündige dich nicht. Also verzeih mir, lieber Gott, lass es mich anders ausdrücken: In diesem Moment, als er näher rückte im Dunkeln, gab es nur zwei Möglichkeiten: Entweder die Erde tat sich auf und ich stürzte ab oder ich ging wie auf Wolken. Was soll ich sagen? Ich schwebte in der Luft, war so leicht wie eine Feder, segelte durch den Himmel, als wäre ich ein Vogel.

Nie sollte es enden und dann wieder doch, aber nur, damit es sich wiederholen könnte. Sein Mund näherte sich meinem – in Zeitlupe! Und dann lagen seine Lippen auf meinen – so also fühlt sich küssen an. Nicht nur eine Berührung, sondern die Sehnsucht, in den anderen hineinzukriechen . . . tut mir leid, liebes Tagebuch, dass mir keine besseren Worte einfallen, aber es war pure Schwerelosigkeit und dann wieder das Gefühl, mich fallen lassen zu wollen. Ich kann es nicht besser beschreiben.

Nur eines weiß ich: Dieses Gefühl von Sicherheit vermisse ich seit dem Tod meiner Eltern.

Die Meldung in den Zeitungsausschnitten war fast immer dieselbe gewesen: »Ein Geisterfahrer kam dem Pkw auf der Autobahn A9 entgegen. Die Eltern hatten keine Chance. Sie starben noch am Unfallort. Ihre elfjährige Tochter wurde bei dem Aufprall aus dem Wagen geschleudert und mit dem Rettungshubschrauber in die nächste Klinik gebracht. Es ist ein Wunder, dass das Mädchen überlebte.«

Dieses Mädchen – das war ich.

Ich hatte überlebt – für ihn!

KAPITEL 12

Heute Abend schauen wir zusammen einen Film«, verkündete Frau Sturm Freitagabend im leer gefegten Speisesaal. Der Großteil der Schüler war nach Hause gefahren. Diejenigen, deren Eltern zu weit weg wohnten oder keine Zeit hatten, verbrachten das Wochenende bei Freunden. Wie Pink, die Trixie begleitete, oder Meg, die Indi besuchte. Ich blieb hier – wie alle Neuen. Wir, die Novizen, sollten uns nämlich erst einmal richtig eingewöhnen, bevor wir an Mamas Rockzipfel zurückkehrten. So lautete die Internatsregel.

Statt dreihundert Schülern waren ca. fünfundzwanzig anwesend und alle saßen an einem Tisch. Aus meiner Klasse waren außer mir nur Sonja und die Nonne in Ravenhorst geblieben.

»Irgendwelche Vorschläge?«, fragte Frau Sturm.

»Starwars!«

»Herr der Ringe!«

»Harry Potter!«

»Die Mumie!«

»Die kennt ihr doch alle längst. Könnt ihr vielleicht vernünftige Vorschläge machen?«

Einer aus der elften Klasse rief: *»Was Sie schon immer über Sex wissen wollten.«*

Der Saal klatschte Beifall.

»Wie wäre es mit *Der Club der toten Dichter?«*

Allgemeines Gestöhne ging durch den Raum.

»Mann«, rief der aus der elften. »Das Volk will Blut sehen, keine Psychos.«

»Also entschieden: um acht Uhr hier im Speisesaal.«

»Was willst du schauen?«, fragte Sonja, die mir folgte.

»Ich bleibe auf meinem Zimmer.«

»Wenn du keine Lust auf den Film hast, dann können wir doch etwas zusammen machen?«

Gott, wie konnte man nur so eine miese Opportunistin sein. Wenn die anderen hier wären, würde sie mich nicht mal ansehen, geschweige mit mir reden! Für wie blöd hielt sie mich?

»Sorry, aber ich gehe früh ins Bett.«

Ich stand abrupt auf und schob den Stuhl so heftig zurück, dass er umkippte.

ICH hatte andere Pläne für den Abend. Ganz bestimmt würde ich ihn nicht mit Sonja, dieser Heuchlerin, verbringen. Ich fühlte mich verwirrt und irgendwie leer, wie abgeschaltet. Der Einzige, mit dem ich hätte den Abend verbringen wollen, war Nikolaj. Selbstmitleid – noch immer klang mir das Wort im Ohr. Ich hatte gehofft, mit ihm sprechen zu können, bevor er ins Wochenende gefahren war. Er hätte mir vielleicht erklären können, warum die anderen etwas gegen mich hatten. Aber es gab einfach keine Möglichkeit, ihn alleine zu treffen. Etwas hatte sich gegen uns – nein, gegen mich – verschworen. Und als ich hoch in mein Zimmer eilte, das ich nun zwei Tage lang für mich alleine hatte, nahm ich mir vor, nicht an ihn zu denken. Zu frustrierend, zu schmerzhaft.

Nein, ich würde den Abend mit etwas anderem verbringen. Kira – mir ging einfach nicht aus dem Kopf, dass sie den gleichen Laptop wie ich benutzt hatte. Ihr Benutzername war immer noch auf YouTube gespeichert. Ich wollte unbedingt herausfinden, womit sie sich beschäftigt, wofür sie sich interessiert hatte. Es schien mir überlebensnotwendig. Vielleicht war irgendetwas auf dem PC von ihr zu finden. Schließlich redete mein Vater immer wieder darüber, dass die Webworld, wie er es nannte, gefährlich sei!

Nicht nur Viren, Würmer, Hacker, Spione! Es gab auch Pädophile, die es, laut meiner Mutter, auf mich abgesehen hatten. Der gesamte Abschaum dieser Welt lauerte ihrer Meinung nach im Internet.

Alles, was man je in diesen Laptop eingab, blieb da drin. Vielleicht nicht direkt auf dem Laptop selbst, aber eben in diesem Internet, das ich mir ähnlich vorstellte wie die schwarzen Löcher im Weltall, das Nirwana, eine Art Weltgedächtnis für alle Ewigkeit. Und was das bedeutete, war klar: Kira musste Spuren hinterlassen haben.

Ich beeilte mich, ins Zimmer zu kommen, schloss die Tür und setzte mich mit dem Laptop aufs Bett. Über den Explorer rief ich das Internet auf. Das Eingabefeld für Google erschien. Meine Augen flogen über den Bildschirm: Datei, Bearbeiten, Ansicht . . . Halt! Chronik!

Ein Klick!

YouTube: Emilia Autumn – Gothic Lolita

YouTube: Klettern

YouTube: Klettern Cinderella

YouTube, YouTube und am Ende der Liste ... Wahnsinn! Tagebuch online

War das die Spur, auf die ich gehofft hatte?

Ich rief die Seite auf.

Tagebuch online erschien auf dem Bildschirm.

Erschaffe Dein eigenes Tagebuch völlig kostenlos und lasse Deinen Gefühlen und Gedanken freien Lauf! Schreibe Dein Online-Tagebuch einfach und unkompliziert von jedem Ort der Welt aus! Lerne andere Autoren und deren Alltag mit all seinen Gedanken und Geheimnissen kennen! Entscheide selbst, ob Dein Tagebuch geheim oder öffentlich für andere User lesbar sein soll!

Hatte Kira Tagebuch geschrieben? Meine Aufregung kannte keine Grenzen. Meine Finger zitterten, als ich den Bildschirm nach unten scrollte, um die Einträge zu prüfen.

Es gab eine ganze Liste veröffentlichter Tagebücher: Lady Shadow, 21. September 2009, 03:11 Uhr, aktuelle Stimmung: böse.

Das Übliche. Die Leute wurden mit ihren Nicknames und einem Bild gezeigt und veröffentlichten ihr persönliches Stimmungsbarometer.

Ich klickte auf den Login – und traute meinen Augen nicht.

WAHNSINN!

Das konnte doch nicht wahr sein!

Kira hatte das entscheidende Feld *Bei jedem Besuch automatisch einloggen* markiert!

Ihr Benutzername war – wie sollte es anders sein: Cinderella1991.

Ich war drin!

Ich war mitten in ihrem Tagebuch! In ihrem Kopf, ihren Gedanken, ihrer Seele, ihren Gefühlen, ihren Ängsten ...

Ich klickte auf die letzten Tagebucheinträge. Seitenlang Text! Ich konnte es nicht glauben! Kiras Tagebuch!

Der Überraschung, der Neugierde folgte Unbehagen. Wollte ich es wirklich lesen? Durfte ich es? Sollte ich es jemandem zeigen? War das Tagebuch vielleicht so etwas wie Kiras Abschiedsbrief? Ihr Vermächtnis?

Aber ich musste einfach wissen, was passiert war! In der nächsten Sekunde war es entschieden: Ich klickte den ersten Eintrag an.

Ein Tagebuch ist eine tolle Sache. Ich kann denken, was ich will, schreiben, was ich will, meine Gefühle outen nach dem Motto: Lass es einfach raus.

Ich überflog die ersten Worte und war bereits nach wenigen Minuten völlig vertieft in das, was Kira geschrieben hatte. Doch je länger ich las, desto mehr erfasste mich das Gefühl von Unheil. Unheil, das sich allmählich über Kiras Leben hier in Ravenhorst gesenkt hatte.

Kiras Tagebuch

Eintrag No. 19

Wie weiß man, auf wen man sich verlassen kann? Oma meint, Vertrauen bedeutet nicht automatisch Sicherheit. Super! Dann bedeutet Vertrauen doch nichts anderes, als Gefühle auf Pump investieren. Diese Fragen beschäftigten mich die ganze Nacht! Nein, nicht etwa in verrückten Filmträumen, sondern live! Was heißen soll: Ich lag stundenlang wach! Frau Sturm würde jetzt sagen: Genauer, Kira! In Zahlen ausgedrückt! Also korrekt von 22:30 Uhr (Lichtausphase!) bis 3:11 Uhr. Da zumindest habe ich zum letzten Mal auf die Uhr gesehen, bis ich den Wecker zum Fenster hinausgeworfen habe, wo er irgendwo im Gebüsch landete. Konnte das Ding sowieso nie leiden. Meg hat geschnarcht und nichts gemerkt. Schlaf der Gerechten? Daran glaube ich nicht. ICH glaube fest daran, die Besten schlafen am schlechtesten. Weil nur die sich wegen allem einen Kopf machen, das heißt, sie kommen aus dem Nachdenken und Grübeln nicht heraus.

Okay: Die Sache lief so. Wochenende. Ein trüber Morgen. Ich lag noch im Bett, als draußen auf dem Flur zuerst Türen schlugen und dann laute Stimmen zu hören waren. Jemand schrie erst: »Scheiß Schule!« Dann hörte ich etwas von Assis! Aber das allein war ja nicht beunruhigend, denn hier wird ständig jemand als Assi, schwul oder Schlampe beschimpft.

Überall wurde also an Türen geklopft und rumgeschrien. Es hörte sich nach Pink an. Ich sollte erwähnen, dass sie nicht mehr mit mir spricht. Ich wusste, im nächsten Augenblick würde sie auch hier erscheinen. Meg schlief oder tat zumindest so. Ich dachte, es sei keine schlechte Idee, dasselbe zu versuchen.

Die Tür wurde mit voller Wucht aufgestoßen und knallte gegen die Wand. Je länger ich hier bin, desto mehr kommt es mir vor, als lebten wir alle in Ravenhorst auf einem Vulkan. Die Stimmung ist so explosiv, irgendwann geht das Ganze in die Luft. Ich wusste ja in diesem Moment nicht, dass ich die Einzige war, die explodierte.

»Habt ihr meinen iPod gesehen?« Pinks Stimme hatte diesen aggressiven Unterton, den ich früher nie wahrgenommen habe.

Ich wartete, ob Meg sich rührte. Was sie nicht tat und natürlich kam Pink an mein Bett. Obwohl Megs näher an der Tür liegt, aber Meg gehört zu den Unantastbaren.

»Hast du meinen iPod?«

Wie tut man so, als ob man gerade noch geschlafen hat? Ich jedenfalls blieb mit dem Kopf unter der Decke, was im Nachhinein wohl ein Fehler war, und murmelte ein schwaches »Was?«.

»Ob du meinen iPod hast?«

Mir wurde kalt. Pink hatte die Decke weggezogen.

»Nein!«, murmelte ich.

»Schwöre es!«

»Ich schwöre!«

»Schwöre beim Grab deiner Eltern.«

In letzter Zeit reitet sie immer darauf herum, dass ich Waise bin.

Ich schwieg.

»Du schwörst also nicht?« Plötzlich tauchte Trixie in der Tür auf. Es soll ja so was wie siamesische Zwillinge geben, die an irgendeinem Körperteil aneinandergewachsen sind. In den letzten Tagen glaube ich, die beiden sind gehirnmäßig aneinander angedockt.

»Wo hast du ihn?« Pink begann, meine Sachen zu durchwühlen.

»Ich? Wieso ich?«

»Du hast dir doch gestern den von Indi geliehen.«

»Na und?«

»Na und?«, äffte Trixie mich nach.

»Ich habe ihn zurückgegeben.«

»Außer dir hat hier jeder einen iPod.« Pinks Stimme war nun ruhig. Gefährlich ruhig. Mir wurde erst warm, dann heiß… Es war dieselbe Stimme, die Fledermaus ständig demütigt.

»Warum wirst du rot?«

»Werde ich gar nicht!«

Aus den Augenwinkeln bemerkte ich, wie Megs Kopf sich hob und zu uns herüberstarrte. Sie griff nicht ein, ließ die Dinge einfach laufen. Auch als die beiden meine Schranktüren aufrissen, darin herumwühlten und die Sachen auf dem Boden verstreuten, sagte sie kein Wort. Meg hatte ihr Leben lang niemanden gehabt und brauchte auch niemanden.

Meine Hosen, Pullis, alles flog auf den Boden und sie trampelten darüber hinweg. Jetzt wühlten ihre Hände in meiner Unterwäsche.

»Mann«, murmelte Trixie, »was trägt die denn für Assiwäsche?« Sie drehte sich um und hielt eine meiner Unterhosen in die Höhe. Sechs Stück: 12,99 bei Otto. Reine Baumwolle. Nein, das sind nicht meine Worte, sondern die meiner Oma. Die hat sie bestellt.

Pink zog ein angewidertes Gesicht. »Ist die aus der Kleiderkammer vom Roten Kreuz? Mann, ist das eklig, weiß der Geier, wer diese Unterhosen schon anhatte.«

»Stell dir vor, das erzählen wir ihrem Schwarm. Dem vergeht bei dem Gedanken alles. He, bei der holst du dir die Krätze.«

»Krätze?«, wiederholte Pink. »Die Syphilis holst du dir.«

Es war nicht das Schlimmste, dass sie angewidert meine Unterhosen betrachteten. So angewidert – wäre ihnen der Speichel von den Lippen getropft, ehrlich, ich hätte mich nicht gewundert. Nein,

ER stand plötzlich in der Tür. Ja, ER höchstpersönlich. Morgens um sieben. Sie hatten es geplant. Ich war mir sicher. Er lächelte mir zu und sagte: »Hi.« Er ahnte noch nichts.

In dem Moment wurde ich wirklich rot. Das Feuer der Hölle brannte in mir. Ich büßte für Sünden, die andere begangen hatten, aber mach das mal dem Teufel klar. Den Teufel interessieren Wahrheit und Gerechtigkeit einen Scheiß.

Er starrte mich an. Mein Nachthemd hing auf halbmast. Dann auf Trixie, die noch immer eine meiner Unterhosen in die Luft hielt.

»Was ist denn hier los?«, fragte er.

»Die hat meinen iPod geklaut.«

Nun mischte sich Meg ein. »Ihr habt ihn nicht gefunden, also verschwindet aus meinem Zimmer.«

»Ich hab ihn nicht.« Na ja, ich sah ihn dabei an und ich glaube, meine Stimme zitterte, was vermutlich schlecht ist, wenn man keinen Rechtsanwalt hat, sondern sich selbst verteidigt.

»Ehrlich, Leute«, sagte er tatsächlich, wenn auch nicht besonders laut, aber immerhin, »ihr könnt nicht einfach in fremden Sachen herumwühlen.«

»Siehst doch, was wir können.«

Trixie hatte meinen Sportbeutel gepackt. Ach, scheiße, ich hatte vergessen, die Schwimmsachen herauszunehmen.

»Boah, das stinkt vielleicht.« Angewidert wandte sie das Gesicht ab.

»So lebt er eben«, erklärte Pink, lachte hämisch, riss Trixie den Beutel aus der Hand, drehte ihn um und leerte alles auf den Boden. »So existiert er, der gemeine Assi.«

Etwas klapperte.

Für einen Moment herrschte Stille. Zwei, drei Sekunden? Viel-

leicht länger. Die Zeit war wie eine dieser langen schweigenden Linien auf dem Monitor, wenn das Herz stehen bleibt und man nur ganz langsam begreift: Das ist dein Ende.

Noch jetzt, während ich das alles in die Tastatur hacke, als säße hinter diesem Bildschirm der Richter, der das Urteil über mich fällen wird, beiße ich mir vor Scham und Angst die Lippen blutig.

Ich stammelte irgendetwas von »Keine Ahnung, das muss ein Versehen sein . . .«

Meg zog eine ungläubige Grimasse und ER? ER starrte mich einfach nur an. Nein, er konnte doch nicht glauben, dass ich tatsächlich . . . ja, was eigentlich? Den iPod geklaut hatte? Wozu?

In diesem Moment hörten wir energische Schritte auf dem Flur. Big Mama war im Anmarsch.

Okay, definitiv, das war mein Ende. Ich würde von der Schule fliegen, würde wieder bei meiner Oma leben, alles umsonst. He, meine Schule hatte mich empfohlen, hatte alles in Bewegung gesetzt, dass ich auf dieses Internat gehen konnte. Ich konnte doch nicht zurückkommen mit dem Ruf einer Diebin?

ER wandte den Kopf. »Big Mama schleicht den Flur entlang . . .«

»Super«, zischte Pink, »der werde ich das gleich auftischen, dass ihr Liebling nichts anderes ist als eine Diebin.«

»Ich habe nicht . . .«

»Ruhe«, sagte ER. »Das ist eine Angelegenheit, die klären wir untereinander. Dazu brauchen wir keine Lehrer.«

Hauptsache, Frau Schüler erfuhr nichts.

Er sah mich nicht an! Nicht ein einziger Blick! Ein Albtraum, ich wusste, das hier war ein Albtraum, der mich wie unter einer Glocke gefangen hielt.

Er glaubte Pink! Nicht mir! Warum? Dabei würde ich alles für ihn tun! Ja, ich würde mein Herz aus meiner Brust schneiden und es ihm vor die Füße legen.

»Juliane!« Die Stimme drang nur langsam an mein Ohr, so vertieft war ich. Und ich wollte nicht aufhören zu lesen! Nicht jetzt!

Aber Frau Sturm verschwand nicht einfach, nur weil ich sie dahin wünschte, wo der Pfeffer wächst.

»Hier bist du! Ich suche dich im ganzen Haus. Wir wollen mit dem Film beginnen. Ich erlaube nicht, dass du dich ausschließt, also mach den Laptop aus und komm mit!«

Privatsphäre – ein Wort, das man in Ravenhorst für immer aus dem Duden gestrichen hatte.

KAPITEL 13

Für Sonntag war ein Ausflug nach Weimar geplant. Goethe und Schiller. Alles total der Burner! Es herrschte Teilnahmepflicht – von wegen Kulturausflug und soziales Miteinander. Wir Novizen sollten einander näherkommen. Nun, ich würde sagen, was mich betraf: Experiment misslungen.

Den ganzen Tag über fühlte ich mich leer, nahm nichts und niemanden wahr. Nicht mal an Nikolaj dachte ich, meine Gedanken kreisten nur um Kira und die Frage, was die anderen mit ihrem Tod zu tun hatten.

Mittlerweile wurde sie in Ravenhorst so gut wie nicht mehr erwähnt. Auch die Lehrer vermieden dieses Thema. Es war, als hätte Kira nie gelebt, wäre nie auf so brutale Weise gestorben.

Als wir am späten Nachmittag zurückkamen, rief ich meinen Vater auf seinem Handy an.

»Wie geht es dir, Kleines?«

»Nenn mich nicht Kleines!«

»Du hörst dich irgendwie angespannt an. Ist alles in Ordnung?«

»Klar!«

»Wirklich?«

Daddy hatte eine Fähigkeit, mich auszuloten, die mir manchmal Angst machte. Vielleicht, weil er Polizist war. Er spürte sofort, wenn jemand log oder – wie er es nannte – die Wahrheit zu seinen Gunsten verdrehte. Ich musste also meine ganze Kraft zusammennehmen, um möglichst fröhlich zu sagen: »Alles wunderbar! Wir haben heute einen Ausflug nach Weimar gemacht. Es war wirklich toll . . .«

»Hört sich aber nicht so an. Du klingst, als hättest du Drogen genommen.«

»Drogen?«, hörte ich die Stimme meiner Mutter im Hintergrund. Auch das noch.

»Ach, Daddy . . .«

»Nenn mich nicht so! Ich weiß wirklich nicht, was gegen das gute alte Papa einzuwenden ist.«

»Papa, du hast dich doch erkundigt wegen dieses Mädchens.«

»Welches Mädchen?«

Es ist schrecklich. Wenn Eltern uralt sind, dann kriegen sie nicht nur Panik bei jedem Schnupfen ihres Nachwuchses, sie werden auch vergesslich bis hin zur Demenz.

»Das Mädchen, das vom Dach gesprungen ist. Sie hat doch einen Abschiedsbrief . . .«

»Ja, schreckliche Sache«, unterbrach er mich.

»Ist sie wirklich gesprungen?«

Am anderen Ende herrschte einige Minuten Schweigen.

»Warum fragst du?«

»Es könnte doch auch ein Unfall gewesen sein.«

»Ein Unfall?«

»Na ja, jemand könnte sie . . .«

»Wovon sprichst du?«

»War nur so ein Gedanke . . .«

»Allerdings . . .« Daddy seufzte.

»Was?«

»Ich dürfte es dir ja nicht sagen, aber wenn es dich beruhigt: Es ist ein klarer Fall von Selbstmord. Auch wenn es nicht direkt einen Abschiedsbrief gibt . . .«

Nun, ich hätte ihm sagen können, sie hat ein ganzes Tagebuch hinterlassen, aber seine letzte Bemerkung machte mich stutzig.

»Was meinst du mit *nicht direkt?*«

Er zögerte.

»Papa!«

»Es gab einen Zettel.«

»Einen Zettel?«

»Er lag neben der Schere, mit der sie sich die Haare abgeschnitten hat.«

»Im Waschraum?«

Mein Herz schlug vor Aufregung so laut, dass ich fürchtete, er könnte es bis in den Vorort von Leipzig hören.

»Ja.«

»Was stand drauf?«

»Für Pink!«

»Für Pink? Und weiter?«

»Nichts weiter, das war alles. Bereitet dir das Sorgen?«

Im Hintergrund hörte ich meine Mutter flüstern. »Worüber macht sie sich Sorgen?«

Und Daddy entgegnete ebenfalls leise, doch sagte er es in den Hörer, weshalb ich jedes Wort genau verstand: »Wegen des Mädchens, das Selbstmord begangen hat.«

Nun sprach er wieder lauter. »Du hast sie doch gar nicht gekannt.«

»Ich . . .«

»Da stimmt doch etwas nicht!« Mammi übernahm jetzt. Ich konnte es mir genau vorstellen, wie sie Daddy das Handy aus der Hand riss. Für einen Moment empfand ich wirklich so etwas wie Sehnsucht nach ihnen. »Etwas stimmt doch nicht, Kleines, das spüre ich! Ich war nie dafür, dass du diese Schule besuchst, aber du wolltest ja unbedingt.«

Kleines – oh Mann! Nichts hatte sich verändert! Sie behandelte mich immer noch, als wäre ich nicht lebensfähig!

»Ihr sollt mich nicht Kleines nennen!«, zischte ich. »Und ich interessiere mich nicht für Kira, okay?«

Die Tür wurde aufgestoßen und Meg kam herein.

Hatte sie meinen letzten Satz gehört?

»Und jetzt muss ich Schluss machen!«

»Du musst mir sagen, wenn etwas nicht stimmt . . .«

»Mir geht es gut, Mammi. Tschüss.«

Ich legte schnell auf.

Meg wuchtete ihren Koffer aufs Bett.

»He«, sagte ich.

Sie gab keine Antwort.

»Schönes Wochenende gehabt?«

»Wieso, bin ich dazu verpflichtet?«

»Ich meine ja nur.«

Meg dachte einen Augenblick nach, dann sah sie mich mit zusammengekniffenen Augen an: »Jetzt hör mal zu, Mamikind und Miss-Super-IQ. Im Grunde bin ich fair. Vielleicht kein guter Mensch, aber fair. Meine Devise ist: Friedliche Koexistenz! Leben und leben lassen! Nichts verpflichtet mich, mit dir zu reden, nur weil wir in einem Zimmer wohnen. Das ist purer Zufall! Mehr nicht!«

Dreimal schlug die Glocke.

Abendessen.

»Also, lass mich in Ruhe, okay!«

Ihr Gesicht trug einen Ausdruck, als hätte sie sich in die Stirn tätowieren lassen: Für immer geschlossen! Sie wandte sich ab und verließ das Zimmer.

Konnte man für immer und ewig alleine existieren? Aber Meg wollte ja gar nicht allein sein. Auch sie sehnte sich nach einem Menschen, der zu ihr gehörte. Und es war mein Pech, dass es sich dabei ausgerechnet um Nikolaj handelte.

Geduldig wartete ich in der langen Schlange, bis ich an der Reihe war, und lud mir eine Portion Salat auf den Teller. Mein Appetit war nicht überwältigend.

»Bist du auf Diät?«, hörte ich hinter mir eine Stimme. Ich spürte sofort, dass es Nikolaj war. Sein Atem streifte meinen Nacken. Seine Hand lag auf meinem rechten Schulterblatt. Würde er sie doch ewig dort liegen lassen. Meinetwegen konnte sie festwachsen. Wie schnell mein Herz pochte.

»Schönes Wochenende gehabt?«, fragte er und bediente sich reichlich von den Frikadellen. Mindestens fünf zählte ich.

»Geht so.« Ich hatte ihn vermisst. Scheiß auf Meg.

»Also, ich bin froh, wieder hier zu sein. Eltern sind ganz schön anstrengend, wenn sie in der Pubertät sind.«

Ich musste lachen. »Ich habe gerade mit meinen telefoniert. Sie kennen nur ein Hobby: sich um mich Sorgen machen.«

»Dann weißt du ja Bescheid! Und du hast nicht noch drei jüngere Schwestern!«

Ich konzentrierte mich darauf, die Kräutersoße über den Salat zu gießen.

Sollte ich ihm von dem Tagebuch erzählen? Von dem Zettel im Waschraum?

Konnte ich ihm vertrauen?

Etwas in mir sagte Ja, aber dann hörte ich Kiras Stimme. Es war, als stünde sie dicht neben mir. Ich konnte sie spüren. Ihr Mund lag auf meinem Ohr und sie flüsterte: *Wie weiß man, auf wen man sich verlassen kann?*

»Meinst du, die schmeckt?«

»Was?«

»Na, diese Salatsoße. Irgendwie sieht sie seltsam aus. Kräuter sind doch eigentlich grün. Warum ist die Soße dann orange?«

Nikolaj rieb sich den Ellbogen. Sein Gesicht verzog sich vor Schmerz.

»Stimmt etwas nicht?«

»Alles okay«, erklärte er, ohne mir in die Augen zu schauen. »Also, was hast du das ganze Wochenende gemacht?«

»Goethe, Schiller, Mathe.«

»Das klingt ja spannend. Wann schreiben wir den Test?«

»Am Dreizehnten.«

»Kommst du heute Abend auch?«

»Wohin?«

Er senkte die Lautstärke.

»Wir treffen uns auf dem Friedhof. Meg und die anderen. Du könntest deinen zweiten Versuch starten.«

Ich zuckte mit den Schultern. Kapierte er nicht, dass ich draußen war?

»Hat Meg dich nicht gefragt?«

»Sie ist nicht gut auf mich zu sprechen.«

»Meg ist auf niemanden gut zu sprechen.«

Doch, dachte ich, auf dich. Spürst du das nicht?

»Nimm es ihr nicht übel«, sagte er, »seit der fünften Klasse verbringt sie ihr Leben in Internaten und das, obwohl sie der totale Einzelgänger ist. Und ihre Eltern reisen von einem Ort der Welt zum anderen auf der Suche nach dem großen Abenteuer. Meg tut mir leid.«

»Das wusste ich nicht.«

»Tja, wir wissen vieles nicht voneinander. Also, ich warte auf dich heute Abend. An der Totenleuchte auf dem Friedhof.«

In diesem Moment kam Sonja in den Speisesaal. Kaum hatte sie mich erblickt, stürzte sie auf uns zu, als wolle sie uns gewaltsam trennen.

»Sag mal, hast du meine Ohrringe gesehen?«

»Was für Ohrringe?«

»Du weißt genau, welche.«

Ehrlich, im ersten Moment hatte ich keinen blassen Schimmer, wovon sie sprach.

»Die von Swarowski.«

»Ach so!« Ich erinnerte mich an den Christbaumschmuck an ihren Ohren, den sie an unserem zweiten Tag im Internat getragen hatte. »Nein, wieso sollte ich?«

»Na, du hast sie doch bewundert.«

»Na und?«

»Sie lagen in meinem Zimmer auf dem Nachttisch.«

»Ich war nicht in deinem Zimmer.«

»Lenk nicht ab«, Sonjas Stimme klang schrill wie die Trillerpfeife der Krassnitzer.

»Ich weiß nicht, was du . . .«

Etwas in ihrem Blick ließ mich stocken.

Mir wurde plötzlich komisch zumute. Ich lief rot an.

»Und warum wirst du rot? Was? Warum?«

Sie schrie jetzt so laut, dass einige Schüler stehen blieben.

»Sonja«, meinte Nikolaj ruhig, »was soll das Theater?«

»Theater?«, giftete diese. »Ich mache Theater? Ehrlich, Nick . . . ich weiß nicht, warum du immer mit ihr herumhängst. Die ist doch Assi!«

Assi.

Dieses Wort.

Es klang in meinen Ohren nach wie ein Echo. Assi, Assi, Assi. Ein seltsames Unbehagen machte sich in mir breit, überrollte mich wie eine Welle. Mein Magen krampfte sich zusammen.

»Du hast sie genommen. Ganz bestimmt.« Sonja schluchzte laut. Fast schon hysterisch.

Ich ahnte, was das bedeutete. War mir so sicher, wie ich wusste, dass die Sonne jeden Tag aufging. Jetzt spielte ich die Rolle von Aschenputtel. ICH war Cinderella.

»Nein«, versuchte ich, mich zu wehren, aber ich war so verwirrt, dass ich es mehr stammelte. Kurz, ich wirkte in keinster Weise überzeugend. Mein Herz schlug bis zum Hals, ich bekam keine Luft und mir wurde kotzübel. Um dagegen anzukämpfen, biss ich mir auf die Lippen und presste die Arme ganz fest an meinen Körper, als versteinerte ich in innerhalb von Sekunden.

Es war echt gruselig, aber wieder hörte ich Kiras Stimme wispern. *Pass auf! Sie führt etwas im Schilde. Du hast gelesen, was mir passiert ist.*

Ich wollte hier weg. In mein Zimmer. Hatte nur eine Chance. Ich musste nach den Ohrringen suchen.

»Ich glaube, ich muss mich übergeben«, murmelte ich und rannte los.

Das Zimmer war leer. Ich stürzte auf die Tasche mit meinen Kosmetika und Waschutensilien. Konnten die Ohrringe hier sein?

Ich riss alle Sachen aus der Tasche, warf sie zu Boden. Von der Niveacreme sprang der Deckel ab und rollte unters Bett.

Die Ohrringe waren nicht da. Ich war erleichtert, als ich das feststellte. Aber der Moment dauerte nicht lange. Es war nur die Ruhe vor dem Sturm.

»He, schaut, was sie macht. Sie will sie verstecken, bevor wir sie finden.« Das war Pinks Stimme. Ehrlich, das Zischen einer Kobraschlange war dagegen Mozart. Sie kam ans Bett und stieß mich zur Seite. »Du fasst hier nichts mehr an.«

Sie riss die Bettdecke zu Boden.

»Das sind meine Sachen!«

Pink öffnete den Schrank.

Es passierte genau das, was Kira in ihrem Tagebuch beschrieben hatte. Nur dass Kira tot war und nun war ich an der Reihe.

Es war so unwirklich! Als ob ich gar nicht richtig da wäre. Ich spürte nur die tausend Stiche in meiner Brust. Sie bohrten sich wie winzige Nadeln durch die Haut, schoben sich durch die Rippen, zielten genau auf mein Herz, das in sich zusammenzufallen schien. Mir kam es vor, als hörte ich auf zu atmen, während ich gleichzeitig Luft holte. He, ich bin nicht Kira, wollte ich schreien, ich bin Jule. Ich habe nichts getan, hört auf, ich . . .

»Na also«, erklang Pinks Stimme.

Unheimlich war es, wie sie mit angewiderter, geradezu angeekelter Miene langsam die Hand hob. Etwas glitzerte zwischen ihren Fingern. Sie kam ganz dicht an mich heran.

»Und«, zischte es aus ihrem rot bemalten Mund, »was ist das hier?«

»Nein«, ich schüttelte den Kopf, ganz langsam, geradezu vorsichtig, als könnte er zerbrechen, als müsste ich vorsichtig sein, verdammt vorsichtig. Ich fühlte mich schuldig, obwohl ich keine Schuld hatte. »Ich habe nichts gemacht.«

»Aha, und das sind wohl deine Ohrringe?«

Bevor ich noch wirklich nachdachte, sagte ich bereits: »Ja, die habe ich mir gekauft, weil mir die von Sonja so gut gefallen haben.«

Im nächsten Moment stürzte schon Sonja auf Pink zu und riss ihr die Ohrringe aus der Hand. »Sie lügt«, schrie sie. »Sie lügt wie gedruckt. Hier sieht man noch den Klebstoff, mit dem meine Mutter den Stein wieder eingeklebt hat, weil er herausgefallen ist.«

Ich habe keine Chance, begriff ich plötzlich – und: Das war der Anfang vom Ende.

Was dann gesprochen wurde, hörte ich nur aus der Ferne. Etwas von Ruhe bewahren und Lehrer informieren.

»Lehrer?«, schnaubte Pink. »Das ist Diebstahl! Ein Fall für die Polizei!«

»He, mach mal halblang. Wir sollten das erst einmal untereinander klären.«

Es war Nikolaj.

Er war da.

Er hatte alles mitbekommen.

Aus! Vorbei!

Ich schaute mich um. Versuchte, in den Gesichtern zu lesen. Kein Zweifel, sie behaupteten tatsächlich, ich hätte diese Ohrringe gestohlen. Mann, wollte ich sagen, die sind doch potthässlich! Ich trage keine Ohrringe! Ich hasse ROSA!

Aber sie hatten ihr Urteil gefällt.

»Vielleicht hast du recht«, sagte Pink langsam. War ich die Einzige, die das hämische Grinsen in ihrem Gesicht registrierte?

»Du meinst also, Nick, wir sollten selbst das Jüngste Gericht abhalten?«

Nikolaj sah blass aus, schwarze Ringe lagen unter seinen Augen – und das Allerschlimmste –, kein einziger Blick streifte mich. Er konnte doch nicht glauben, ich hätte tatsächlich Sonja bestohlen.

Oh Gott, mein Herz – es blieb fast stehen, als er nun an Pink gewandt erwiderte: »Das Jüngste Gericht? Mein Gott, Pink! Manchmal hast du wirklich einen grässlichen Hang zur Dramatik.«

»He, sie ist eine Diebin. Wir müssen etwas unternehmen. Sie denkt wohl, sie kommt damit durch, nur weil ihr Vater ein Bulle ist.«

»Es ist eine Sache zwischen Sonja und Jule. Sie müssen das erst mal miteinander klären. Vielleicht war es doch ein Versehen . . .«

Erleichterung überfiel mich. Nikolaj vertraute mir – doch seine Augen wichen meinen immer noch aus. Nein, er ignorierte meine flehentlichen Blicke und im nächsten Moment sagte er: »Doch wenn es kein Versehen war, muss Jule ihre Strafe erhalten, aber die wird Sonja bestimmen, nicht die Polizei, die Lehrer und schon gar nicht du, Pink.«

Meg kam ins Zimmer. Sie beachtete uns nicht. Doch sie ließ Nikolaj nicht aus den Augen, als sähe sie etwas, das uns verborgen blieb.

»Du siehst nicht gut aus, Nikolaj.«

»Danke für das Kompliment.« Seine Stimme schwankte kurz.

»Mann, Nick, mach keinen Scheiß. Du solltest wirklich zum Arzt gehen.«

KAPITEL 14

An diesem Abend flüchtete ich mit dem Laptop in den Computerraum. Bis auf zwei Schüler aus der Zwölften war er leer. Ich rief Kiras Tagebuch auf. Meine Gedanken kreisten nur um einen Punkt: Ich wollte wissen, was weiter passierte. Ich wollte vorbereitet sein und dafür musste ich die Pläne der anderen kennen.

Kiras Tagebuch

Eintrag No. 21

Das gequälte Heulen des Windes draußen könnte aus meinem Inneren kommen. Zu behaupten, ich sei deprimiert, wäre die Untertreibung des Jahres. Deprimiert, das ist ein Zustand, von dem man weiß, dass er existiert, und irgendwann wird er schon wieder verschwinden. Ich bin nichts, genauer gesagt fühle ich nichts. Wäre ich wenigstens unglücklich, verzweifelt, am Boden zerstört, dann könnte ich herumschreien, irgendetwas kaputt machen, einfach blindlings losschlagen, mit den Fäusten auf jemanden oder irgendetwas losgehen. Aber in mir ist nicht einmal die Ruhe vor dem Sturm, da ist das große Nichts. Einfach Totenstille. Als hätte man mich abgeschaltet, mich einfach außer Betrieb genommen.

Mir fehlt sogar die Kraft, das hier alles aufzuschreiben. Mir zittert immer noch die Hand. Dabei ist das Ganze bereits gestern Abend passiert. Aber jetzt bin ich allein im Zimmer und das Tagebuch ist der Einzige, mit dem ich reden kann, reden will. Eigentlich bin ich das Tagebuch, also rede ich mit mir selbst. Ist das nicht das sichere Zeichen dafür, dass etwas mit mir nicht stimmt? Dass mein Verstand die falsche Spur benutzt? Wie der Geisterfahrer auf der Autobahn?

Manchmal habe ich das Gefühl, Oma hat recht und wir sind nur auf der Erde, um bestraft zu werden für unsere Sünden.

Vielleicht war das, was dann passierte, die Strafe, dass ER mich geküsst hat?

Ich schloss die Augen. Wilde Gedanken wirbelten nur so in meinem Kopf herum. Im Computerraum, der im Keller lag, war es stickig, die Luft zum Schneiden dumpf.

Ich wollte schreien! Es war so ungerecht! Verdammt noch mal, ich hatte die Ohrringe nicht geklaut! Ich *trug* keine rosa Ohrringe. Hatte das niemand bemerkt? Nicht einmal Nikolaj!

Du weißt doch, dass es darum gar nicht geht, hörte ich Kiras Stimme. Ihr Mund lag nun nicht mehr auf meinem Ohr, sie war in meinem Kopf angekommen. *Sie wollen dich fertigmachen, wie sie mich fertiggemacht haben!* Aber warum?

Es ist Pink! Sie ist wie ein Virus. Sie schleicht sich in die Seelen der anderen und steckt sie an mit all dem Bösen, was in ihr ist.

Kiras Stimme klang traurig – ich aber war wütend. Ich brannte vor Zorn.

Ich warf einen Blick auf die Uhr und klappte den Laptop

zu. Auch wenn ich darauf brannte weiterzulesen, blieb mir nur noch eine Viertelstunde bis zum Kontrollgang der Sturm. Und danach würde ich Nikolaj treffen! Endlich! Und vielleicht, vielleicht würde dann alles gut werden!

Als ich in unser Zimmer kam, machte Meg keine Anstalten, mich zu begrüßen. Keine Regung, als ich im Waschraum verschwand, kein Muckser, als ich zurückkam und mich ins Bett legte. Allerdings sah sie auch nicht so aus, als ob sie vorhatte, sich wegzuschleichen. Sie lag mit dem Rücken zu mir im Bett und las. Nur das Blättern der Seiten war zu hören. Woher kam nur dieses Gefühl, dass sie gar nicht wirklich las? Dass sie vielmehr auf etwas wartete?

Das Schweigen hing im Zimmer und verband sich mit der Dunkelheit zu einer unüberwindbaren Mauer, die nichts durchdrang.

Ich hörte Frau Sturm den Gang entlanggehen. Ihr »Gute Nacht« klang so fröhlich und so schrecklich gut gelaunt, als kämen mit der Dunkelheit gute Geister. Das Gegenteil war der Fall. Vor dem Fenster zogen Wolkenfetzen am Vollmond vorbei wie Schatten von Gespenstern, die anhoben, ihr nächtliches Unheil zu treiben. Ich kroch tiefer unter die Bettdecke.

Im nächsten Moment öffnete Frau Sturm die Tür.

»Auch euch eine gute erholsame Nacht! Möge der morgige Tag mit einem Lächeln beginnen!«

Meg gab den Gruß nicht zurück und auch ich dachte, dass eisiges Schweigen die einzige Antwort auf so einen bescheuerten Satz sein könnte.

Dann schloss sie endlich die Tür und ich hörte Megs Decke rascheln. Mir entging auch nicht, wie sie sich aus dem Bett erhob, um sich leise anzukleiden.

Meine Nerven waren zum Zerreißen gespannt.

Ich konnte nicht hier liegen bleiben, warten, nichts tun!

Sollte ich Meg fragen, ob ich mitkommen konnte? Ich könnte Nikolajs Einladung erwähnen.

Nein, auf keinen Fall! Lieber würde ich mir die Zunge abbeißen. Und er hatte mich vor dem ganzen Vorfall eingeladen. Da hatte er mich noch nicht für eine Diebin gehalten. Denn dass er das glaubte, davon war ich inzwischen vollkommen überzeugt. Mann, Jule, sagte ich zu mir selbst, er hat die Ohrringe gesehen, gehört, wie du gelogen hast. Was soll er denn anderes denken?

Andererseits hatte er Pink eine Abfuhr erteilt. Vielleicht hatte ich eine Chance, wenn alle versammelt waren, diesen Irrtum aufzuklären. Ich sollte ihnen einfach von Kiras Tagebuch erzählen.

Nein! Im gleichen Moment wusste ich, dass ich das auf gar keinen Fall tun würde. Was Kira ihrem Tagebuch anvertraut hatte, war ihr Geheimnis gewesen, waren ihre intimsten Sorgen und Nöte. Nach all dem, was sie getan hatten, konnte ich sie – Kira – nicht preisgeben, nur um meine eigene Haut zu retten.

Ich wartete also, bis Meg das Zimmer verließ. Innerhalb von Sekunden war ich aus dem Bett und hatte mich angezogen.

Auf dem Flur herrschte eine geradezu unheimliche Stille.

Die Luft war draußen schwer und feucht. Es roch nach den ersten Blättern, die der Wind von den Bäumen wehte; nach Nebel, der am Morgen und wieder am Abend durch das Tal kroch. Der Herbst kam früh in Ravenhorst.

Die Glocke schlug elf Mal. Als ich die Holztür vom Hinterhof der Küche zum Friedhof aufstieß, hörte ich leise Stimmen. Ich wandte mich nach rechts.

Ich hatte mich darauf eingestellt, hatte versucht, mich wappnen, aber der Schmerz traf mich trotzdem scharf und unvermittelt.

Nikolaj war nicht gekommen.

Das Licht der Totenleuchte war erloschen. Niemand hatte eine neue Kerze hineingestellt. Die nächste ist für dich, dachte ich.

Mann, Jule, hör auf!

Das sind Gedanken, die in der Nacht entstehen. Morgen früh lachst du darüber, sagte ich mir, wusste aber gleichzeitig, dass es nicht so sein würde.

Mein Blick flog über die Gruppe. In der Gestalt ganz rechts erkannte ich Sonja. Sie stand dicht neben Bastian und ich ertappte mich dabei, dass ich sie beneidete.

Ich beobachtete, wie sie zur Kirche gingen, wie sie ihre Vorbereitungen trafen. Gleich würden sie die Wände hochklettern, um das ultimative Abenteuer zu erleben. Welches Risiko – nur für das Gefühl, Macht zu haben? Der König der Welt zu sein? Oder ihn vielleicht nur zu spielen?

Der Wind trug Megs Stimme zu mir herüber. »Es war ein Fehler, sie mitzunehmen.« Ihre Zigarette glühte in der Dunkelheit.

»Genau! Dauernd stellt die Sturm diese blöden Fragen.« Das war unverkennbar Pinks Zischen. »Was wir nachts machen, wo wir uns herumtreiben, und irgendwann wird sie uns auf die Schliche kommen. Außerdem ist Miss Klugscheißer total scharf auf Nikolaj. Mann, ich weiß ja nicht, wie sie das macht, aber er hat nur Augen für sie. Sie ist eine Schlampe, verstehst du? Aber das ist jetzt vorbei.« Pink lachte laut. »Hast du seinen Blick gesehen, als wir die Ohrringe bei ihr gefunden haben? Total geil! Unser Prinz will garantiert nichts mit einer Diebin zu tun haben.«

Ich rannte davon, immer nur das eine Wort im Ohr: DIEBIN!

KAPITEL 15

Draußen lief der Wind Amok und donnerte gegen die Fensterscheiben, die leise klirrten. Dennoch drangen durch die staubigen Scheiben einige Sonnenstrahlen, die ausreichten, um das Zimmer in ein verschwommenes Licht zu tauchen. Ich bildete mir ein, das Fensterkreuz an der gegenüberliegenden weißen Wand zeichne den Schatten eines riesigen Kreuzes.

Die Uhr auf meinem Nachttisch blinkte: 07:13 Uhr.

Ich hatte verschlafen.

Ein Blick auf die andere Seite zeigte mir, dass Meg bereits aufgestanden war. Natürlich hatte sie mich nicht geweckt! Ich war ja eine Diebin – und was für Meg entscheidend war –, hinter Nikolaj her und daher eine Schlampe!

Ich musste aufstehen und diesen Tag überleben. Irgendwie.

Nein, nicht irgendwie! Ich musste die Dinge klären. Mit Nikolaj reden, mit ihm vor allem.

Das war mir klar geworden, als er gestern nicht auf dem Friedhof gewesen war. Egal, was er von mir dachte – ich musste es richtigstellen. Ihm konnte ich von Kiras Tagebuch erzählen. Und der Geschichte mit dem iPod. Ihm konnte ich vertrauen. Konnte ich? Egal! Ich hatte keine andere Wahl. Ich *musste* ihm vertrauen.

Ich horchte. Kiras Stimme? Sie schwieg.

Es gibt eine Chance, dachte ich. Eine winzige zwar, aber eine Chance.

Ich zog mich auf die Toilette zurück, schloss mich ein. Ein Segen für die Menschheit. Der einzige Ort, wo man ungestört sein konnte. Ich setzte mich und zog die Beine nach oben. Käme jemand herein, um mich zu suchen, sollten meine Schuhe mich nicht verraten. Billige Stiefel von Deichmann. Superbequem, superbillig, superschön, aber ein absolutes Nogo in Ravenhorst!

Die Schulglocke wurde geschlagen. Schnell kritzelte ich die Nachricht auf ein Stück Papier, das ich aus dem Matheheft riss: Muss dringend mit dir reden. Können wir uns im Computerraum treffen? 19:00 Uhr heute Abend! Jule!

Dann packte ich meine Sachen und rannte Richtung Klassenzimmer. Ich riss die Tür auf. Frau Sturm war bereits da. »Juliane, du weißt doch, dass wir heute die Mathearbeit schreiben.«

»Frau Sturm«, erwiderte ich kühl, »gehen Sie doch einfach davon aus, dass ich einen Grund habe, wenn ich zu spät komme.«

Sie starrte mich verwundert an. Ich schob mich auf meinen Platz zwischen Emilia und der Nonne.

Die Hoffnung machte mich euphorisch. Ich würde mit Nikolaj reden! Ich hatte die richtige Entscheidung getroffen! Aufgeregt wandte ich den Kopf nach seinem Platz.

Er war leer.

Er war nicht da!

Nervös blickte ich auf die Uhr. Zehn Minuten über der Zeit. Frau Sturm teilte bereits die Blätter aus. Nikolaj wusste doch, dass wir heute diese Arbeit schrieben. Warum war er nicht gekommen? Ausgerechnet heute? Ich spürte den Zettel in meiner Hand und knüllte ihn vor Aufregung fester zusammen.

»Ihr habt fünfundvierzig Minuten Zeit.«

Allgemeines Stöhnen und Papierrascheln folgten.

»Aber Sie haben ewig gebraucht, um die Blätter auszuteilen.« Bastian versuchte zu verhandeln.

»Jetzt nur noch vierundvierzig Minuten und dreiunddreißig Sekunden«, erwiderte die Sturm resolut.

Ich beugte mich über das Angabenblatt. Die Aufgaben verschwammen vor meinen Augen.

Sinus, Kosinus – es hätten genauso gut Namen von Inseln in der Antarktis sein können. Zumindest war mir plötzlich kalt. Eiskalt.

»Nur zu eurer Information: Ihr habt noch dreißig Minuten und zweiundzwanzig Sekunden«, drang die Stimme von Frau Sturm in mein Bewusstsein. Ich hatte noch keine einzige Aufgabe gerechnet.

»Wo ist Nikolaj?«, flüsterte ich Emilia zu, deren dunkler Haarschopf über dem Papier hing.

»Keine Ahnung.«

Ich hob den Kopf. Frau Sturms Augen waren auf mich gerichtet. »Es wird nicht geredet! Nur noch neunundzwanzig Minuten und achtundfünfzig Sekunden!«

Ich begann, zu rechnen und wild irgendwelche Formeln und Zahlen aufs Papier zu schreiben.

Wenn irgendwann irgendjemand, meine Nachkommen oder Außerirdische, dieses Blatt finden würde, könnten sie mit diesen Chaosformeln vermutlich die Erde in die Luft sprengen.

Irgendwann endete die Stunde. Außer Indi war niemand mehr im Zimmer. Langsam und konzentriert packte er seine Tasche. Ich holte tief Luft und ging einen Schritt auf ihn zu.

»Indi?«

»Weißt du nicht, dass sie einen Bann über dich verhängt haben? Keiner darf mit dir sprechen. »

»Du brauchst ja nicht zu reden. Du musst einfach nur zuhören.«

Auf dem Flur standen die anderen und beobachteten uns. Ich zog den Zettel aus meiner Jackentasche. »Du bist doch mit Nikolaj in einem Zimmer, oder?«

Ich deutete die Art, wie er die rechte Augenbraue unabhängig von der linken nach oben zog, als eine Antwort.

»Was ist mit ihm? Warum ist er nicht hier?«

Er zuckte mit den Schultern, warf der Gruppe einen Blick zu und legte die Hand auf die Stirn.

»Ist er krank?« Meine Erleichterung war riesengroß. Klar, er war krank, was sonst! Er hatte ja auch superschlecht ausgesehen. Ich reichte ihm den Zettel. »Kannst du ihm den geben?«

Er starrte zögernd das Papier an, dann mich und steckte es ein. Ich beschloss, ihm . . . nun, nicht gerade zu vertrauen, aber auch nicht zu misstrauen.

»Danke!«, sagte ich.

Er wandte sich zum Gehen, doch als er sich an mir vorbeischob und sein Arm meine Schulter streifte, beugte er sich kurz zu mir herüber. Sein Atem roch nach Pfefferminzbonbons und ich hörte, wie er mir etwas zuflüsterte. Im nächsten Moment verließ er endgültig den Raum und schob sich an den anderen vorbei, ohne sie zu beachten. Mein Verstand versuchte, seine Worte zu rekonstruieren. Wenn mich nicht alles täuschte, hatte er geflüstert: »Pass auf dich auf!«

Sollte dies eine Drohung sein? Den ganzen Morgen konnte ich nur an eines denken: Ich musste wissen, was mit Kira passiert war. Sobald sich die Gelegenheit bot, schnappte ich mir den Laptop. Ich flüchtete in den Computerraum, und obwohl ich ständig daran denken musste, dass Kiras Schicksal vielleicht ansteckend sein könnte, kam mir nicht einmal der Gedanke, jetzt mit meinen Nachforschungen aufzuhören.

Kiras Tagebuch

Eintrag No. 23

Ich habe mich mit dem Laptop in die Kirche verkrochen, damit mich niemand sieht. Auf keinen Fall dürfen sie das Tagebuch entdecken. Dann wäre ich nicht in der Vorhölle, sondern in der Hölle. Sie würden mir meine Seele stehlen, das weiß ich sicher. Aber hier in die Kirche kommt niemand so schnell herein. Ich sitze auf den kalten Fliesen, über mir dieses riesige Gewölbe, das jetzt nicht mehr beeindruckend wirkt, sondern mir nur noch Angst einjagt. Die das gebaut haben, wussten, wie man sich als Loser fühlt.

Ich wünschte, ich müsste nicht hier sein, ich wünschte ... alles wäre nicht passiert.

Ist es aber. Auf diese unheimliche Art und Weise – nicht mit Krach, Streit, Geschrei –, nein, leise, heimlich, versteckt, als ob sie immer genau ahnen, wo ich bin, was ich tue, was ich denke. Was ich fühle, wissen sie sowieso, denn ich kann ja nichts anderes mehr fühlen und denken als: Hört auf! Bitte! Lasst mich in Ruhe!

Und – ER?

Glaubt er wirklich, ich sei eine Diebin?

Mein Gott, nur noch eine Woche, dann sind Ferien. Wie soll ich die überstehen?

Seltsamerweise haben sie mich eine Weile ignoriert. Fast habe ich schon geglaubt, es sei vorbei. Wie dumm ich bin. Dumm! Dumm! Dreimal dumm! Ich hätte mir denken können, dass etwas in der Luft liegt.

Meg war nicht da, als ich vom Duschen zurückkam, aber das spielt keine Rolle – oder doch?

Im Zimmer roch es komisch, irgendwie modrig, fast schon faulig. Und es war eine schreckliche Hitze im Raum. Automatisch ging ich zum Fenster und kippte es. Doch die frische Luft reichte nicht aus, den Geruch zu vertreiben.

Jedenfalls zog ich den Pulli aus . . . im Nachhinein scheint mir, dass das alles ganz langsam passiert war, im Zeitlupentempo – wie ich den Pulli über den Stuhl hängte, mich aufs Bett setzte . . . der Geruch wurde zu einem ekelhaften Gestank . . . die Hausschuhe abstreifte, die Socken auszog und alles noch ordentlich verstaute. Ich bemerkte den Fleck erst, als ich mich nach unten beugte, um die Hausschuhe unter das Bett zu schieben. Ein schwarzer Fleck in der Höhe meines Kopfkissens. Ich hob den Kopf. Eine rote Spur auf dem hellen Holz, die sich im Betttuch fortsetzte.

Blut?

Wo kam das her?

Was soll ich sagen? Angst schärft den Verstand. Etwas Schreckliches würde geschehen, das wusste ich plötzlich. Und dann überfiel sie mich – die Panik. Inständig wünschte ich mir, es wäre endlich vorbei.

Also streckte ich meine Hand aus, ich konnte nicht anders . . . und griff nach der Bettdecke. Komisch, dachte ich noch, die ist ja feucht, und dann schlug ich sie zur Seite.

Oh Gott!

Ich starrte auf den Bildschirm!

Aber dieser Tagebucheintrag endete anders, als ich gehofft hatte.

Hilf mir, Indi! Bitte hilf mir doch!

KAPITEL 16

Irgendjemand hatte einmal gesagt, Einsamkeit sei eine Droge. Nun, wenn das so war, dann schien ich nicht suchtgefährdet. Das wurde mir die nächsten Tage klar. Ich konnte mich nicht daran gewöhnen, dass so gut wie niemand mit mir sprach. Nikolaj war immer noch krank, Emilia war niemand, dem ich mich anvertrauen konnte. Innerhalb weniger Stunden hätte sie alle Geheimnisse preisgegeben, die ich hatte, und noch einige dazuerfunden.

Wieder und wieder las ich Kiras Tagebuch. Doch was sie in ihrem Bett gefunden hatte – erfuhr ich nicht. Sie hatte nur noch einen allerletzten Eintrag hinzugefügt – oh Gott, mir wurde jedes Mal von Neuem übel, wenn ich ihn anklickte. Denn diesen Eintrag hatte sie nach den Sommerferien geschrieben, kurz vor ihrem Tod. Sie hatte alles aufgeschrieben. Die Fahrt im Bus, der Kuss zwischen Indi und Pink. Hier stand die Erklärung für ihre Entscheidung schwarz auf weiß.

Es war Indi! Kira war in Indi verliebt gewesen. Und er hatte ihr nicht geholfen. Ganz im Gegenteil!

Im Internat liefen die Vorbereitungen für das große Schulfest vor den Herbstferien, aber ich dachte an alles andere, nur nicht an Feiern. Außerdem hatte ich die Mathearbeit in den Sand gesetzt. Drei minus. Frau Sturm hatte den Kopf geschüttelt. Und ich wusste, was sie mir damit sagen wollte: Das Stipendium stand auf dem Spiel. Und am meisten Angst hatte ich davor, dass meine Eltern in den Ferien merkten, wie es mir wirklich ging.

Ich hatte mehr als einmal versucht, Nikolaj zu besuchen, aber Frau Schüler ließ mich nicht zu ihm.

»Was hat er denn?«

»Das kann ich dir nicht sagen.«

»Warum denn nicht?«

Sie zögerte. Etwas stimmte hier nicht. Ich erinnerte mich, wie blass Nikolaj ausgesehen hatte.

»Etwas Ernstes?«

»Das kann ich dir wirklich nicht sagen.«

»Aber . . .«

»Nein!«

»Und wie lange . . .«

»Das müssen wir sehen. In seinem Fall kann man das nicht vorhersehen.«

In seinem Fall? Was meinte sie damit?

Kurz, sie scheuchte mich davon und dann erinnerte ich mich plötzlich wieder. Am ersten Tag in der Sporthalle – hatte Nikolaj da nicht irgendetwas über eine Erbkrankheit gesagt?

Ich hatte es für einen Scherz gehalten.

Ich überlegte, ob ich mit Indi reden sollte. Aber was würde ich ihm sagen? Dass ich Kiras Tagebuch gefunden hatte? Und was für eine Rolle er darin spielte?

Am Abend des Schulfestes versuchte ich, mich unsichtbar zu machen. Im Gegensatz zu den anderen. Die langen

Gänge des Klosters hallten wider von weltlichen Diskussionen über Kleider, Make-up, Schuhe. Gut, dachte ich – dann sind sie beschäftigt und beachten mich nicht.

Jetzt im Herbst schienen die Raben der Umgebung sich zusammenzurotten. Immer, wenn ich aus dem Fenster blickte, hatten sie sich auf den Strommasten versammelt und krächzten laut. Vielleicht planten auch sie wie die Schüler ein richtig geiles Fest. Im Licht der untergehenden Sonne – ein roter Ball, der am Horizont langsam hinter dem Wald versank – leuchtete ihr Gefieder blauschwarz. Als hätten sie stundenlang vor dem Spiegel gestanden, genau wie die Mädchen in den Nachbarzimmern. Bis auf mich und die Nonne fuhren alle auf dieses Fest ab.

Ja, selbst Meg – deren Lebensprinzip doch ständige Coolness war – drehte sich vor dem Spiegel hin und her. Sie hatte sich für einen schwarzen Minirock entschieden, zu dem sie einen schwarzen Rolli trug und riesige Ohrringe, die wie überdimensionierte Goldmünzen wirkten. Die roten Locken trug sie hochgesteckt und ich dachte, wenn sie nicht aufpasst, verwechselt einer der fetten Vögel es mit seinem Nest.

Sie rauschte aus dem Zimmer, wie immer, ohne mich zu beachten, und dann herrschte endlich auf dem Flur heilige Ruhe. Ein geradezu klösterlicher Frieden.

Ich lag auf dem Bett vertieft in *Plötzlich Prinzessin* von Meg Cabot – das Buch, das mit Anne Hathaway verfilmt worden war. Es war nun einmal eine Tatsache, dass ich in den Situationen in meinem Leben, wo die Kacke am Dampfen war, in kitschige Geschichten flüchtete. Warum auch nicht? Vielleicht war ich gar nicht so intelligent, wie immer alle behaupteten. Vielleicht befand ich mich nur, was meine intellektuellen Fähigkeiten betraf, auf dem Stand von Albert Einstein, während mein Gefühlsleben die Barbiephase noch nicht überwunden hatte.

Und dann . . . nein, es klopfte nicht, sondern Frau Sturm – auch ihr Name ist Programm – stürmte ins Zimmer, als handele es sich um einen Feueralarm und sie müsse mich retten.

»Was machst du hier?«

Blöde Frage, es war offensichtlich, dass ich las und das war ja nun wirklich kein Verbrechen.

»Du liest?«, fragte sie. Aus ihrer Stimmlage sprach nicht Entsetzen und Mitleid über die erbarmungswürdige einsame Schülerin, sondern blankes Entsetzen, dass ich bewusst und mit Vorsatz das harmlose Vergnügen eines Schulballes boykottierte.

»Ist das ein Verbrechen?«

»Du sollst dich nicht absondern. Du bist nicht nur aufgrund deiner schulischen Leistungen hier auf dem Internat, sondern um soziale Kontakte zu schließen.«

Zu diesem Thema hätte ich ihr gerne einen langen Vortrag gehalten, aber stattdessen murmelte ich: »Keine Lust.«

KEINE LUST!

Erwachsene hassen diese beiden Worte. Sie reagieren immer – ja *immer* allergisch darauf.

»Keine Lust gibt es nicht«, erklärte Frau Sturm erwartungsgemäß.

»Ich habe nichts anzuziehen.«

»Darüber solltest du dir keine Gedanken machen.«

Klar, wer über vierzig ist, kann täglich mit Jeans, weißem T-Shirt und schwarzem Pullunder herumrennen. Kein Schwein interessiert sich dafür. Aber ich war erst sechzehn und besaß weder Strapse noch halterlose Seidenstrümpfe noch einen Push-up, noch goldenen Lidschatten noch Locken, die ich zu Vogelnestern auftürmen konnte, noch Pumps, um in der Aula den großen Auftritt hinzulegen.

»Ich wollte lernen«, fiel mir ein.

»Diese Note in Mathematik hat nichts zu bedeuten. Sie ist beunruhigend, aber kein Grund, sich auszuschließen. Und genau diesen Eindruck vermittelst du den anderen, wenn du dich hier in dein Zimmer verkriechst, um zu lernen. Kein Wunder, wenn die anderen dich ausschließen.«

Das hatte Supernanny also endlich bemerkt.

»Also«, sie schloss das Fenster, »... dann gehst du nun in die Aula wie alle anderen und feierst.«

Und was machte ich? Ich erhob mich und streifte meine Schuhe über. Wie ein Schaf, dachte ich und Frau Sturm kommentierte das Ganze zufrieden: »Na also. Und keine Sorge: Es geht hier ja schließlich nicht um einen Modellwettbewerb, sondern darum, soziales Miteinander zu erleben.«

He, hätte ich am liebsten gesagt – Modellwettbewerb – das IST soziales Miteinander. Wir nehmen an einem ständigen Casting teil. Unser Leben heißt Wettbewerb. Die Schönste, die Beste, die Klügste, die Sportlichste. Alles durfte man sein – nur eines nicht – Durchschnitt.

Ich seufzte und folgte ihr den Flur entlang. Wenn doch nur Nikolaj auf dieser Party wäre! Dann könnte ich mit ihm reden und alles würde gut werden. Oder verstieg ich mich da genauso in einen Wunschtraum, wie ich mich in kitschige Bücher flüchtete?

»Wie geht es Nikolaj?«

Frau Sturms ernster Gesichtsausdruck war beunruhigend. »Unverändert.«

»So schlimm?«

Sie gab keine Antwort, was nicht gut war. Ganz und gar nicht.

»Kann ich ihn besuchen?«

»Nein.«

»Aber . . .«

»Nichts aber! Er bekommt ständig Besuch, damit ist jetzt aber Schluss. So kommt er nie zur Ruhe . . .«

Hat er nach mir gefragt? Wie gerne hätte ich diese Frage gestellt, aber ich schwieg.

Er bekommt ständig Besuch – die Worte hallten in mir nach. Ja, dachte ich, aber nicht von mir.

Das Schulfest hatte bereits um sieben Uhr begonnen. Jetzt war es kurz nach acht. Das Schlimmste: Ich betrat die Aula im wildesten Getümmel zusammen mit den Outlaws, also denen, die man Assi, Psycho oder Freak nannte. Also die Nonne, die Fledermaus und ich. Uns alle hatte die Sturm aus unseren Zimmern gezerrt. Wir waren der Bodensatz des Internats. Der einzige Trost war, dass die Party bereits voll im Gange war, was bedeutete, dass niemand uns beachtete.

Vermutlich hätte es mir in dem Getümmel gefallen, wenn ich gut drauf gewesen wäre. Sich so richtig in die Musik fallen lassen, schwitzen, seltsame Verrenkungen machen, eng umschlungen tanzen – plötzlich kam es mir vor, als ob es das für mich nur in einem anderen, einem früheren Leben gegeben hätte.

»Na«, meinte Emilia, die mit einem aus der zwölften Klasse tanzte, »hast du es dir anders überlegt?«

Ich zuckte mit den Schultern.

Sie tanzte zu mir rüber, ihre Augen glänzten, wie immer, wenn sie darauf brannte, eine ihrer Neuigkeiten loszuwerden. »Nick soll es richtig schlecht gehen!«

»Was?«

»Meg hat ihn heute besucht und er hat irgendwas zu ihr gesagt, was sie nicht wiederholen will. Und dann hat die Sturm jeglichen Besuch verboten, weil er sich zu sehr aufregt!«

Meg? Warum durfte Meg ihn besuchen? Weil sie für die Lehrer zu den Unantastbaren gehörte! Darum!

Ich wandte mich um und rannte aus der Aula. Supernanny hatte ihre Pflicht erledigt. Sie würde gar nicht bemerken, wenn ich in diesem Getümmel fehlte. Scheiß auf das soziale Miteinander! Was hatte ich geschworen in der Nacht auf dem Friedhof?

Weil wir NICHT konform gehen.

Weil WIR entscheiden!

Aufgeregt rannte ich die Treppen hoch in den obersten Stock, wo das Krankenzimmer lag. Ich würde jetzt auf der Stelle zu Nikolaj gehen. Ich musste das einfach tun und niemand konnte mich daran hindern.

Weil wir NICHT konform gehen.

Weil WIR entscheiden!

Ich sagte diese Sätze laut vor mich hin, sprach mit mir selbst, was mich endgültig und absolut zum Freak degradierte.

Konnte ein kurzer Besuch seinen Zustand vielleicht noch verschlimmern? Doch wohl nicht! Aber was, wenn er zu mir sagte: »Hau ab! Du bist eine Diebin! Über dich wurde der Bann gesprochen. Ich darf nicht mit dir reden und will es auch nicht. Du hast mich enttäuscht. Ich habe dich geliebt.«

Ich habe dich geliebt!

In der Dunkelheit wiegen Worte, Sätze schwerer als am Tag. Als ob sich manche Gedanken und Gefühle nur nachts aus dem Tiefsten deines Inneren hervorwagen. Sie können nur dann gefühlt, gedacht und ausgesprochen werden.

Ich stand vor der Tür zum Krankenzimmer. Unten schlug die Haustür zu und ich hörte Stimmen.

Jetzt!

Leise drückte ich die Türklinke nach unten und schob mich ins Zimmer. Es herrschte völlige Stille. Der Mond spendete Licht genug, dass ich nach und nach Einzelheiten registrierte. Zuerst das sperrangelweit geöffnete Fenster.

Dann suchten meine Augen nach dem Bett. Es stand links in einer Nische. Ich lauschte. Doch ich hörte nichts. Kein Rascheln. Niemand schien zu atmen. Irgendetwas stimmte hier nicht.

Meine Hand tastete sich die Wand neben der Tür entlang, bis sie den Schalter fand. Im nächsten Moment erhellte grelles Neonlicht das kleine Zimmer.

Das Bett war leer.

Ich starrte es an.

Alles war frisch hergerichtet.

Die Angst legte sich auf mich, sie erstickte mich, bis ich keine Luft mehr bekam.

Wo war Nikolaj?

KAPITEL 17

Hinter mir fiel die schwere Eingangstür ins Schloss. Für einen kurzen Augenblick blieb ich stehen und hob mein Gesicht in den dunklen Himmel. Mit jedem Atemzug blies ich weiße Wolken in die Luft. Ich fröstelte in der dünnen Sweatshirtjacke. Aus der Aula dröhnte der Sommerhit *This is the life* von Amy Mcdonald. Der Saal bebte. Die Party befand sich auf dem absoluten Höhepunkt.

Ich entschied mich für den Weg am Jungenhaus entlang und bog nach rechts.

Alles war ruhig.

Einige der Glühbirnen, die den Kreuzgang nachts erleuchteten, waren ausgefallen und niemand hatte sich die Mühe gemacht, sie zu ersetzen. Ich tastete mich von Säule zu Säule die eiskalte Wand entlang, als hätte ich keinen Boden unter den Füßen. Als befände sich unter mir Wasser, dessen Tiefe ich nicht abschätzen konnte, bewegte ich mich langsam vorwärts. Im Halbdunkel tauchten ab und zu Steinfiguren auf, die sich in den Nischen des Kreuzganges verbargen.

In der Aula wurde nun die Musikanlage auf Anschlag gedreht. Der Saal grölte – wenn auch nicht gerade im Takt – *Völlig losgelöst von der Erde*.

Die Tritte auf dem Steinboden registrierte ich zunächst nicht. Doch als das Lied zu Ende war und das nächste noch nicht begonnen hatte, vernahm ich dumpfe, schnelle Schritte. Jemand nahm denselben Weg wie ich und hatte es eilig. Einer von den Jungs? Sie brüsteten sich immer wieder damit, dass sie hier nachts an die Säulen pinkelten. Im nächsten Moment glaubte ich, bereits den Urin zu riechen, und presste mich an die Wand. Der Stein war eisig, als hätte er die Kälte vergangener Jahrhunderte gespeichert.

Es folgte ein leises Trippeln, das schließlich lauter wurde. Es klang nach hohen spitzen Absätzen.

Ohne zu überlegen, kletterte ich über die Mauer, die mich vom Innenhof trennte, und mein Kopf verschwand hinter der Brüstung. Gleich darauf hörte ich ein Mädchen lachen und die tiefere Stimme eines Jungen. Sie flüsterten miteinander.

Mussten die sich ausgerechnet den Kreuzbogen aussuchen, hinter dem ich saß? Erneut erklang ein Lachen – na ja, eigentlich mehr ein aufreizendes Kichern. Es folgte das Rascheln von Kleidern und dann . . . oh Gott, sie küssten sich. Ich begann, die Sekunden zu zählen. Der Kuss dauerte ewig. Mann, sie hörten einfach nicht auf. Ein Liebespaar, das in Ruhe eine Knutschorgie feiern wollte.

Na, das hätte die Mönche sicherlich gefreut.

Unwillkürlich musste ich grinsen. Ich schob den Kopf über die halbhohe Mauer. Zwei dunkle Schatten zeichneten sich vor der hohen Säule ab. Aber ich konnte nicht erkennen, wer es war, vernahm lediglich ein schmatzendes Geräusch, dann eine Art Stöhnen, das furchtbar albern klang.

Ich duckte mich wieder und lehnte den Kopf an die Mauer.

Nikolaj, du fehlst mir, dachte ich und nun war mir nicht mehr zum Lachen zumute.

Wo bist du? Ich muss mit dir sprechen.

Mein Herz schmerzte, als säße mindestens ein Rabe auf mir und hackte seinen Schnabel in meine Brust. Und diese Sehnsucht fühlte sich völlig anders an als alles, was ich bei Jasper gefühlt hatte. Vielleicht trug er nicht alleine die Schuld für unser Zerwürfnis. Er war immer mein bester Freund gewesen und dann dachten wir, es könnte mehr daraus werden. Aber wenn ich ehrlich war – ich war nicht in ihn verliebt gewesen. Jetzt erst begriff ich. Das war nichts gewesen im Vergleich mit dem aufregenden Gefühl, das ich für Nikolaj empfand.

Fragte sich nur, was mit ihm war. Fakt war, dass ich nicht sicher sein konnte, ob er mich nicht doch für eine erbärmliche Diebin hielt, die ihr Stipendium riskierte für ein Paar Ohrringe, die sie nie tragen würde.

Verdammt, die beiden fanden kein Ende. Konnten sie sich nicht einfach gegenseitig verschlucken? Genauso hörte es sich jedenfalls an.

Und dann hing plötzlich dieser durchdringende Geruch in der Luft, der mich an Sonja erinnerte. Mit diesem Zeug sprühte sie stets im Umkleideraum der Turnhalle herum, als seien wir alle lästige Insekten.

Bevor ich noch länger darüber nachdenken konnte, hörte ich schon wieder Schritte. Ziemlich viel los hier, dafür dass in der Aula der Bär los war. Und ein Gefühl sagte mir, es bedeute nichts Gutes, wenn Schüler sich nachts hier weder zu Gebeten noch zum Pinkeln einfanden.

Wieder schob sich mein Kopf nach oben. In einem der Kreuzbögen, drei oder vier von dem Knutschpaar entfernt, hielt eine Gestalt inne. Sie machte es wie ich und schob sich hinter eine der Steinfiguren, verschmolz geradezu mit dieser.

Einige Minuten verstrichen, in denen ich zu entscheiden versuchte, bei wem es sich um Sonja handelte. Knutschte sie herum oder verbarg sie sich hinter der Säule?

Das Pärchen ging jetzt noch heftiger zur Sache. Sie wurden erst aufgeschreckt, als der Beobachter hinter der Säule sich von einem Moment zum anderen mit lauten, schnellen Schritten entfernte, als wollte er fliehen.

»Da war jemand«, flüsterte das Mädchen.

»Doch egal!«, antwortete die tiefere Stimme des Jungen. »Alle nur neidisch!«

»Lass uns zurückgehen!«

»Nein, du hast mir etwas versprochen!«

»Ach ja? Was denn?«

»Du weißt schon!«

Das Mädchen antwortete mit einem Kichern.

»Ich kann nicht!«

»He, das ist die einfachste Sache der Welt. Ohne diese Sache würden wir nicht existieren, also wo ist das Problem?«

Wieder dieses aufreizende Kichern, ein Flüstern war zu hören und schließlich verschwanden sie Richtung Mädchenhaus.

Jasper hatte genauso auf mich eingeredet. Wochenlang. Ich hatte mich geweigert. Küssen ja! Aber das Letzte, das Äußerste – nein, das war unmöglich.

Ich atmete tief durch. Niemand hatte mich bemerkt. Ich beeilte mich, zu meinem Zimmer zu kommen, und überlegte für einen Moment, ob ich abschließen sollte. Aber ein Schlüssel existierte nicht. Fast hätte ich lachen können. Ich meine, so ein Internat, man kann sagen, was man will, aber es war letzten Endes doch eine Art Gefängnis, ein goldener Käfig. Aber ein Gefängnis ohne Schlüssel.

Und ein Gefängnis, in dem ein widerlicher Geruch hing.

Ich bemerkte ihn, noch ehe ich das Licht anknipste. Süß – muffig-eklig – kurz, ein widerlicher Gestank. Als lägen Socken herum – tagelang von Schweißfüßen getragen. Nein – schlimmer! Oh Gott! Der Geruch stieg in meine überempfindliche Nase, die Lungen – ja, in jede Pore meiner Haut. Ich hätte kotzen können. Schnell riss ich das Fenster auf. Es war frisch heute Nacht. Die Luft kribbelte auf meiner Haut. Als ob in meinem Blut Eiskristalle schwammen, die sich Richtung Herz bewegten.

Und dann sah ich es.

Ein großer dunkler Fleck auf dem Bettlaken. Er hatte sich in das Weiß des Stoffes gefressen. Und auf dem Boden lag etwas Schwarzes, das mich frösteln ließ.

Wahnsinn – Gedanken können durcheinanderlaufen ohne Richtung, ohne Ziel, ohne Ende. Irgendwann will man dem Grübeln, dem Gefühl der Beunruhigung, die sich zur Angst steigert, ein Ende bereiten. Dann tut man genau das, wovor man sich fürchtet. Nur deshalb öffnen Leute in

Filmen verschlossene Türen, folgen einem Geräusch, betreten dunkle Keller. Obwohl die Gefahr greifbar scheint.

Meine Kehle schnürte sich zusammen, als meine Hand sekundenlang in der Luft schwebte, bis ich schließlich nach der Bettdecke griff. Auch der Stoff schien eiskalt. Und schwer. Wie aus Stein. Mit einem Ruck zog ich ihn zurück.

Wäre es doch eine riesige schwarze Spinne gewesen, die über das weiße Laken flüchtete; meinetwegen auch eine dicke fette Kröte; sogar eine grell gemusterte Schlange, die mir entgegenzischte.

Aber nicht das!

Bitte nicht das!

Jeder Mensch besitzt eine Achillesferse oder, einfach gesagt, eine Schwachstelle.

Mein Herz hämmerte schneller, dumpfer, mächtiger als die Bässe, die aus der Aula drangen.

My Apocalypse von *Metallica* und eine dröhnende Stimme grölte *Deadly vision*.

KAPITEL 18

Der schwarz gefiederte Kopf des Raben ruhte auf dem unteren Teil des Kopfkissens, dessen Stoff von dessen Blut durchtränkt war. Seine düster glänzenden Augen stierten mich drohend an. Im ersten Moment sah es aus, als sei das Genick des Vogels gebrochen, doch nach dem zweiten Blick begriff ich: Jemand hatte dem Raben die Kehle durchgeschnitten. Das klaffende Fleisch des losgetrennten Kopfes war zerfetzt, als sei das Messer nicht scharf genug gewesen, um dem Tier mit einem einzigen gezielten Schnitt das Sterben zu erleichtern.

Ich begann, am ganzen Körper zu zittern, und rutschte nach unten. Meine Finger wollten sich schon am Bettrahmen festkrallen, doch als die Hand sich dem Rabenkopf näherte, zuckte ich angewidert zurück. Ich ließ mich einfach fallen.

Meine Zähne schlugen aufeinander. Der Gestank im Zimmer – er wurde zum endgültigen Geruch des Todes. Mir wurde schrecklich übel.

Mein Gott! Auf meinem Laken lag der grausam enthauptete und zum Teil bereits verweste Kopf eines Raben. Tote Augen starrten mich an.

Ich wollte mich vom Bett wegschieben. Doch meine Beine schienen nicht mehr zu existieren, als hätte sie jemand abgeschnitten, als seien sie nicht mehr Teil meines zitternden Körpers.

Ich blieb sitzen.

Wie erstarrt.

Es musste bereits nach zehn Uhr sein. Die Party sollte um halb elf enden, dann würden alle zurückkommen. Und tatsächlich vernahm ich im nächsten Moment Schritte im Flur. Die Tür zum Nachbarzimmer wurde aufgerissen.

Hektisches Lachen ertönte. Ich hörte es durch die Wand, aber es klang seltsam gesichtslos, wie auch die Stimme, die jetzt rief: »Sorry, aber das Bett war gerade frei!« Erneutes Lachen.

Hatte Sonja Männerbesuch? Sonja?

Im nächsten Moment fiel etwas zu Boden und jemand lachte erneut auf. Die Tür fiel ins Schloss. Schritte entfernten sich.

Die Spannung war mit den Händen greifbar. Im nächsten Moment erklang lautes hilfloses Schluchzen, ein Weinen, das nichts gemein hatte mit Sonjas Hysterie, wenn sie heulte. Nein, in diesen Tränen lag echter Schmerz, eine tiefe Verzweiflung, wie ich sie selbst empfand.

Unwillkürlich faltete ich die Hände und betete, dieses Weinen möge endlich aufhören. Doch als es tatsächlich still wurde, fühlte ich eine Leere in meinem Inneren, die mich völlig ausfüllte. Dies alles war zu viel. Erst Nikolaj, der spurlos verschwunden war, dann das hier – ich konnte nicht mehr, ich war am Ende.

Ich weiß nicht, wie viel Zeit verging, doch dann stieg ein Gedanke in mir auf, der immer mächtiger wurde, bis er all mein Denken beherrschte. Kira hatte aufgegeben. Kira hatte es nicht mehr ausgehalten. Kira hatte den einzigen Weg gewählt, der ihr blieb.

Im gleichen Moment spürte ich, wie die Kraft in meine Beine zurückkehrte. Ich schloss kurz die Augen, löschte das Bild des toten Raben. Dann erhob ich mich mühsam.

Nein! Sie würden mich nicht kleinkriegen. Mich nicht! Ich würde nicht aufgeben wie Kira! Und das war ein Schwur!

Ich musste die Spuren beseitigen, das Bett frisch überziehen und vor allem den Vogel loswerden. Mir blieb also nichts anderes übrig, als den Rabenkopf anzufassen. Vor Ekel schüttelte ich mich. Der Wunsch, mich zu übergeben, war nur schwer zu unterdrücken. Ich hielt die Luft an, griff nach einem Handtuch und warf es über die toten schwarzen Augen. Dann zog ich eine Plastiktüte aus dem Schrank, steckte beide Hände hinein. Immer wieder hielt ich die Luft an. Der Geruch war unerträglich. Automatisch atmete ich durch den Mund.

Nein, du musst nicht kotzen, Jule, nein, bitte nicht jetzt! Und du wirst auch nicht ohnmächtig! Denk an Daddy. Er hat viel Schlimmeres gesehen und hat es überlebt!

Ich trat ans Bett, schloss die Augen und versuchte, mir etwas anderes vorzustellen als die Realität. Doch ich spürte den Kopf zwischen meinen Fingern. Denk nicht nach, murmelte ich vor mich hin, denk nicht nach. Es könnte irgendetwas sein – ein Stoffball, ein Wollknäuel, altes Fell.

Als das Bündel in die Plastiktüte rutschte, atmete ich erleichtert auf. Im nächsten Moment löste ich bereits das Laken von der Matratze, riss den Überzug von der Bettdecke und quetschte es in die Alditüte. Erst danach schloss ich kurz die Augen und griff nach der schwarzen Feder vor meinem Bett. Es kostete mich eine unheimliche Überwindung, als ich alles zusammen in meine Sporttasche stopfte und das Ganze im Schrank versteckte, die Tür fest verschloss und den Schlüssel abzog.

Es war vorbei! Erleichtert atmete ich auf. Psychologen nennen solches Verhalten Verdrängung und finden das ganz und gar nicht gut. Aber die hatten vermutlich noch nie den abgetrennten Kopf eines Vogels in ihrem Bett gefunden.

Und dann schoss mir der Gedanke durch den Kopf – war es das, was Kira in ihrem Bett gefunden hatte??

KAPITEL 19

Im Zimmer war es kalt. Doch lieber erfror ich, als diesen Geruch nach Blut und Moder zu ertragen, den – wie ich mir einbildete – mein Kleiderschrank am nächsten Morgen verströmte.

»Sag mal, bist du total bescheuert?« Meg stand in Boxershorts und T-Shirt vor dem Fenster und knallte es mit einem Ruck zu. »Willst du mich umbringen? Reicht es nicht, wenn hier schon einer sterbenskrank ist?«

Nikolaj!

»Wie geht es ihm?«, fragte ich. »Wie geht es Nikolaj?«

»Beschissen, was denkst du!«

»Wo ist er?«

»Im Krankenhaus!« Es klang, als sei ich schuld.

Im Krankenhaus? Aber was hatte er denn? Konnte mir nicht irgendjemand sagen, was hier los war?

Nein, konnte niemand. Wollte niemand.

Draußen auf dem Flur ging das morgendliche Wettrennen um die Duschen los. Meg stapfte zu ihrem Schrank direkt neben meinem. Bemerkte sie den Gestank nicht? Oder wusste Meg von der ganzen Sache, hatte sie selbst angezettelt und ahnte daher, was dieser süßliche Geruch nach Blut bedeutete?

Aber mir schien sie unverändert. Ihre schlechte Laune am Morgen war normal. Sie riss die Schranktür auf, zog frische Unterwäsche hervor, griff nach Handtuch und Waschbeutel und verließ, ohne mich weiter zu beachten, das Zimmer.

Im nächsten Moment sprang ich aus dem Bett und zog die Plastiktüte aus der Sporttasche. Mir war plötzlich klar, was ich tun musste. Was hätte ich davon, die Angelegenheit zu melden? So oder so würde ich die Schule verlassen müssen. Ich wäre eine Verräterin – andererseits, genau das dachten sie schließlich über mich. Nein, es musste einen anderen Weg geben. Wenn ich diese Sache, diese widerliche, ekelhafte Tat, einfach ignorierte, den Mantel des Schweigens darüber deckte, würde sie – wer auch immer es sein mochte – mein Verhalten total irre machen.

Ich riss das Fenster auf und ließ die Plastiktüte fallen. Sie schlug am Boden auf.

Ich blickte nach unten. Im Gebüsch war nichts zu erkennen.

Danach fühlte ich mich frei. Als hätte dieser unnatürlich verdrehte Kopf, diese starren Augen und das blutverschmierte schwarze Gefieder auf meinem Kopfkissen nie existiert.

Mir fehlte jeglicher Appetit, daher verzichtete ich auf ein Frühstück. Ungewaschen und mit dem Gefühl, Blut an den Händen zu haben, betrat ich direkt nach Johanna, der Nonne, das Klassenzimmer. Wir waren die Ersten. Doch die Nonne ignorierte mich und kaute gierig auf einem ihrer langen Zöpfe herum. Jeden meiner Mitschüler, der hereinspazierte, musterte ich eindringlich, während ich gleichzeitig tat, als wiederholte ich Lateinvokabeln. Corvus – der Rabe; sanguis – das Blut; lumen – das Auge, mors – der Tod.

Pink und Trixie kamen zusammen – wie immer. Bei meinem Anblick schienen sie kurz zu stocken. Ich hatte den Eindruck, als beäugten sie mich neugierig. Oder täuschte ich mich?

Als hätte ich die Coolness erfunden, obwohl mein Herz vor Wut und Angst heftig pochte, begrüßte ich sie betont lässig: »Guten Morgen.«

»Guten Morgen«, erwiderte Trixie vor lauter Überraschung, während Pink mich nicht beachtete, sondern auf ihren Platz zusteuerte und halb laut murmelte. »Seit wann sprichst du mit der?«

»Mit wem?« Nun kam Bastian herein, mit diesem großspurigen Grinsen, das eine Reihe extrem weißer Zähne zeigte.

»Mit Miss Assi-Klugscheißer.«

Bastian hatte mich die letzten Tage vollkommen ignoriert, warum also reagierte er jetzt?

»Ich habe dich gestern Abend vermisst«, bemerkte er in meine Richtung.

»Ich dich nicht«, entgegnete ich und widmete mich wieder meinem Vokabelheft, obwohl mir nichts entging.

Emilia warf ihre Tasche neben mir auf den Tisch. »Warum bist so schnell von der Party verschwunden?«

Ich konnte nicht antworten, denn in diesem Moment stöckelte Frau Schüler ins Klassenzimmer und schloss die Tür hinter sich.

»Wie geht es Nikolaj?« Aus Megs Stimme klang eine für sie ungewohnte Nervosität und Anspannung.

»Er ist auf dem Weg der Besserung«, erklärte Frau Schüler. »Die Behandlung hat angeschlagen.«

Behandlung? Welche Behandlung? Warum schienen alle Bescheid zu wissen, nur ich nicht?

»Kann ich ihn heute Nachmittag besuchen?«, fragte Meg.

Aber Frau Schüler ging nicht auf die Frage ein, stattdessen rückte sie ihre Lesebrille zurecht und sah ins Klassenbuch. »Wo ist Sonja?«

Niemand reagierte.

»Emilia, du bist doch mit ihr in einem Zimmer.«

»Heute Morgen war sie noch da.«

»Vielleicht ist sie krank? Sie hat sich gestern Abend schon nicht gut gefühlt.« Das kam von Trixie.

»Zu heftig gefeiert«, murmelte Bastian und summte vor sich hin.

Big Mama wirkte unschlüssig. »Aber sie hat sich nicht krankgemeldet. Sie kann nicht einfach vom Unterricht wegbleiben . . . Emilia, bitte schau nach, ob sie noch im Zimmer ist.«

Emilia sprang auf und ging Richtung Tür.

»Wenn nicht, dann geh zur Krankenstation, vielleicht ist ihr schlecht geworden. Danach siehst du draußen nach.«

Emilia hatte den Raum fast verlassen, als Big Mama ihr nachrief. »Und wenn du sie überhaupt nicht findest, dann gehst du ins Sekretariat und sagst Bescheid.«

Die Tür fiel ins Schloss. Frau Schüler runzelte die Stirn. »Sonjas Mutter hat vor einigen Tagen angerufen, dass sich

Sonja nicht mehr zu Hause meldet. Sie macht sich Sorgen. Sonja sei ganz verändert. Weiß einer von euch, was mit ihr los ist?«

Sie sah in die Klasse. Ein Dutzend unschuldiger Gesichter blickte ihr entgegen. Klar hatte Sonja sich verändert. Hatte sie am ersten Schultag nur geheult, folgte sie einen Tag später Pink und Trixie wie ein Schoßhündchen. Sie hatte sich verdammt schnell eingewöhnt und schien von den anderen akzeptiert zu werden. Zu gerne hätte ich ihr Geheimnis erraten!

Es dauerte fast eine halbe Stunde, bis Emilia zurückkehrte.

Frau Schüler quälte uns gerade mit englischer Grammatik, als es an der Tür klopfte. Zusammen mit Emilia betrat Frau Sturm die Klasse.

Man sah es an ihren Gesichtern, dass etwas passiert war.

»Ruhe, darf ich um Ruhe bitten!« Frau Schüler klatschte vergeblich in die Hände.

»Verdammt! Ruhe!«

Plötzlich atemlose Stille.

Frau Sturms Gesicht hatte sich verändert. Das pädagogische Dauerlächeln, von dem ich schon vermutet hatte, es sei von einer Schönheits-OP übrig geblieben, war einem hektischen, von Sorge getriebenen Ausdruck gewichen.

»Wenn ihr nicht sofort die Klappe haltet, hat diese Klasse ab sofort vier Wochen Morgenlauf«, brüllte sie.

Morgenlauf. Der Schrecken jedes Internatsschülers. Früh um halb sieben Dauerlauf rund um das Klostergelände unter der strengen Aufsicht von Mrs Feldwebel.

»Wer hat Sonja zuletzt gesehen?«

»Ich dachte, das wäre klar«, rief Bastian mit einem spöttischen Grinsen. »Emilia! Die pennt schließlich mit ihr in einem Zimmer.«

»Und heute Morgen im Waschraum?«

»Die wäscht sich doch nicht! Die desinfiziert lediglich den ganzen Körper mit Sagrotan. Das stinkt wie ein Entlausungsmittel.«

Er lachte und die Klasse stimmte bis auf wenige Ausnahmen mit ein.

»Bastian, augenblicklich verlässt du den Raum und erstellst eine schriftlichen Zeitplan, wann und wo du Sonja in der letzten Woche gesehen hast, worüber ihr gesprochen, was ihr unternommen habt. Ich hätte das gerne in dreifacher Ausfertigung, für mich, das Direktorat und ein Exemplar werde ich an deine Eltern schicken. Anschließend meldest du dich bei Frau Krassnitzer zum Morgenlauf.«

Bastian, der in der hintersten Reihe saß, erhob sich, holte Luft und wollte bereits zum Protest ansetzen, als Frau Sturm hinzufügte: »Außerdem schicke ich eine schriftliche Abmahnung an deine Eltern. Wenn du fliegst, werde ich außerdem an alle Schulen, an denen du dich bewirbst, ein anonymes Schreiben schicken . . .«

»Mein Vater wird Sie verklagen.«

»Richte ihm aus, ich fürchte ihn nicht.«

Wie sie das sagte. Ganz ruhig. Ohne die Stimme zu verändern, stieß sie zwischen den Zähnen hervor: »Glaub mir, meinen Job wegen dir hier zu verlieren, macht mir nichts.« Sie schnippte mit den Fingern. »So egal ist mir das. Oder wie ihr sagt: Das geht mir total am Arsch vorbei.«

Und sie sah aus, als meinte sie es tatsächlich ernst.

Frau Schüler erbleichte.

Bastian wandte sich widerspruchslos zur Tür und verließ den Raum.

Die anschließende Stille war nur scheinbar ein Vakuum. Nichts war zu hören. Verstörte Gesichter wandten sich hilflos einander zu. Die Luft vibrierte vor Anspannung und – Angst. Der Spaß war vorbei! Nur Pink starrte scheinbar teilnahmslos auf ihren Tisch und kritzelte mit einem Bleistift auf der Tischfläche herum.

»Sonja ist spurlos verschwunden.« Frau Sturm stand vor uns, die Arme in halber Höhe vor ihrem Körper. »Wer hat zuletzt mit ihr gesprochen und wann?«

Alle hatten Sonja gestern Abend auf dem Faschingsball gesehen. Doch niemand meldete sich. Auch ich nicht, obwohl . . . Dieser durchdringende Geruch im Kreuzgang gestern Abend. Ich war mir jetzt sicher, dass Sonja dort gewesen war. Entweder sie hatte sich küssen lassen – oder sie war es, die hinter der Säule stand und das Liebespaar beobachtete.

Ich kämpfte mit mir. Sollte ich es erzählen oder nicht? Hatte ich überhaupt eine Wahl? Aber würde es nicht seltsam klingen, dass ich mich versteckt hatte? Würde das nicht meinen Ruf als Spionin erst so richtig ins Rollen bringen? Warteten die andern nicht genau darauf?

Außerdem – kam ich zu dem entscheidenden Schluss –, was ging mich Sonja an? Nichts. Auch sie hatte mich wie eine Aussätzige behandelt! Jemand von denen, die jetzt mit unschuldigem Gesichtsausdruck in die Luft starrten, hatte mich als Diebin bezeichnet, mir einen toten Raben ins Bett gelegt. Sie wollten mir nicht nur eine Lektion erteilen, sie wollten mich fertigmachen, mich zugrunde richten und vor allem – mich aus dem Internat jagen!

Nein, die Wahrheit war ein Minenfeld. Ich würde in die Luft gehen, einfach explodieren. Also schwieg ich – wie alle.

Aber Frau Sturm gab nicht auf. »Sonja ist nicht der Typ, der einfach verschwindet. Etwas muss vorgefallen sein. Je mehr ihr schweigt, desto sicherer bin ich, dass ihr etwas wisst. Ich werde mit jedem Einzelnen von euch sprechen. Ihr denkt vielleicht, ich habe keine Ahnung, was ihr treibt. Eure nächtlichen Ausflüge zum Friedhof zum Beispiel . . .«

Sie machte eine Pause und fixierte uns nacheinander.

Alle starrten mich an. Es lief mir kalt den Rücken hinunter. Ich hatte keine Ahnung, weshalb sie dachten, ich hätte etwas verraten. Erwachsene hatten einfach keinen Respekt vor uns. Sie mussten immer nachhaken, bohren, tiefer gehen, damit sie endlich auf Wahrheiten stießen – na ja, was sie eben für Wahrheiten hielten.

»Solange die Dinge hier nicht eskalieren, solange greife ich nicht ein. Sollte aber Sonja irgendetwas zugestoßen sein, dann gnade euch Gott.«

KAPITEL 20

Lehrer kommen manchmal auf absurde Ideen. Sonja hatte sich in Luft aufgelöst und wir sollten ruhig auf unseren Plätzen bleiben und Englischvokabeln pauken. Genauso gut könnte man von jemandem im Wasser verlangen, keine Schwimmbewegungen zu machen.

Sobald also Big Mama und die Supernanny den Klassenraum verlassen hatten, machte jeder, was er wollte. Meg zum Beispiel erhob sich schweigend, öffnete das Fenster und nahm auf der breiten Fensterbank Platz. Die Beine dicht an den Körper gezogen, wirkte sie in der grauen Schuluniform wie ein verschreckter Vogel, der den Kopf unter den Flügeln versteckt. Doch dieser für Meg so ungewohnte Eindruck dauerte nicht lange, denn im nächsten Moment zog sie ein Päckchen Tabak hervor, um sich eine ihrer selbst gedrehten Zigaretten anzuzünden.

Die Besorgnis, die Frau Sturm ganz offensichtlich empfand, hatte uns alle aufgescheucht. Jedem Einzelnen stand die brennende Frage ins Gesicht geschrieben, wo Sonja war oder besser: Was war mit ihr geschehen? Sogar die Nonne schien aus ihrer Trance aufzuwachen. Nervös nestelte sie an ihren Zöpfen herum und biss sich mit ihren gelben Zähnen, die durch eine Zahnspange verunstaltet wurden, die Unterlippe wund.

Mit dröhnendem Kopf lehnte ich mich im Stuhl zurück,

schloss die Augen und lauschte dem Flüstern der anderen. Der Name Sonja fiel kein einziges Mal. Niemand sprach ihn aus. Stattdessen drehte sich das Gespräch um Frau Sturm und die Tatsache, dass sie ausgerastet war. Die Spannung war mit den Händen greifbar. Irgendetwas musste ihr nachgeben und die nachfolgende Lawine würde gewaltig sein.

»Was ist mit Sonja passiert?« War das meine Stimme, die die Stille durchbrach? Woher nahm ich den Mut? Vielleicht war es auch Kira, die aus mir sprach, denn ich hatte die Frage nicht geplant. Sie sprang vielmehr aus meinem Mund und hing noch auf den Lippen, als ich zu meinem Entsetzen fortfuhr zu schreien: »Wo ist sie? Was habt ihr mit ihr gemacht? Ihr müsst es wissen! Sie rennt euch doch ständig hinterher wie ein Hund.«

»Was geht dich das an?«, entgegnete Pink und ihre eisige Verachtung hüllte mich ein. Ich fühlte mich nackt unter ihren zusammengekniffenen Augen, mit denen sie mich aufzuspießen versuchte.

Ja, in diesem Moment fürchtete ich mich vor ihr. Aber etwas in mir wehrte sich mit aller Kraft gegen diese Angst.

»Ich weiß, was du getan hast.« Die Schärfe in meiner Stimme überraschte mich selbst.

Nun herrschte Totenstille im Raum. Ich forderte Pink, eine der Unantastbaren, die unangefochtene Queen der Klasse, zum Duell und es würde meinen Untergang bedeuten.

»Sie spricht in Rätseln«, murmelte Trixie, erhob sich, trat neben Meg, riss ihr die Zigarette aus der Hand, nahm einen Zug und blies den Rauch in die Luft.

»Was starrst du mich so an?«, fauchte Pink. »Stimmt was mit meinem Gesicht nicht?«

Langsam, ganz langsam entspannte ich mich. »Nein, da stimmt etwas absolut nicht.«

»Was habe ich denn getan?«, höhnte sie zurück. »Bin *ich* hier die Verräterin oder *du.«*

»Kein Wort habe ich gesagt! Zu niemandem! Nicht einmal, dass Indi nachts bei uns . . .«

Ich blickte zu ihm hinüber. Nichts in seiner unbewegten Miene verriet seine Gefühle. Nein, er wirkte, als ginge ihn das Ganze nichts an, oder – er wollte sich nicht verteidigen.

Minuten vergingen und Pinks Gesicht erlosch. Es färbte sich grau, als legte sich ein Schatten über sie, und ich fragte mich, was das zu bedeuten hatte.

Mein Blick flog von einem zum anderen, bis er an Indi hängen blieb.

»Du hast Kira im Stich gelassen.«

Langsam schüttelte er den Kopf und ich hörte weit entfernt Meg, die sagte: »Mach das nicht.«

Aber ich konnte nicht aufhören. »Sie hat dich geliebt!«, rief ich. »Kira hat dich geliebt! Sie hatte niemanden außer dir und du hast sie fallen lassen. Hast einfach alle boshaften Lügen geglaubt, bist auf die ganze Schmierenkomödie hereingefallen. Kira war keine Diebin, genauso wenig, wie ich. Es ist Pink. Sie treibt ihre niederträchtigen Spielchen mit uns allen. Hat es auch mit Kira gemacht. Und keiner von euch tut etwas dagegen. Dabei steckt die Gemeinheit in jeder einzelnen Zelle ihres Knochenmarks. Ihre Gedanken werden beherrscht von der Boshaftigkeit. Ich kapier's nicht!«, wandte ich mich wieder Pink zu. »Ich kapier einfach nicht, warum du so bist, wie du bist. Aber ich will es auch nicht verstehen.«

»Nichts weißt du«, giftete Pink mit schriller Stimme. Ihre Augen folgten Indi, der sich erhob und auf die Tür zuging. Er trug einen roten Pullover wie immer, und ich konnte nichts anderes, als auf diesen Pullover starren. Rot wie Kiras Blut.

»Nichts weißt du«, wiederholte Pink noch einmal.

»Alles weiß ich, alles . . .« Ich stockte, kämpfte mit mir. Durfte ich Kira verraten? War es ihr gegenüber fair, das Tagebuch zu erwähnen? Unwillkürlich schloss ich die Augen und versuchte, mir Kiras Stimme vorzustellen, doch sie schwieg. Ich war auf mich gestellt mit meiner Entscheidung, was richtig und was falsch war.

»Sie hat alles aufgeschrieben, verstehst du. Sie hat Tagebuch geführt und jedes einzelne Wort darin ist ein Beweis dafür, dass ihr sie in den Tod getrieben habt.«

Indi verließ ohne ein Wort den Raum.

Pink blickte sich ziellos um, suchte vergeblich Unterstützung.

»Geht es dir nicht gut?«, fragte ich. »Und Trixie ist auch schon ganz blass. Habt ihr vielleicht auch einen abgetrennten, blutigen Vogelkopf in eurem Bett gefunden?«

Neben mir hörte ich einen Aufschrei. Emilia hielt sich die Hand vor den Mund und murmelte: »Ihh, wie eklig! Der war in deinem Bett? Oh Gott!«

»Das waren wir nicht«, Trixies Verteidigung kam schnell. Zu schnell.

»Eben«, meinte Pink und hatte sich wieder im Griff. »Das war Sonja.«

Sonja? Damit hatte ich nicht gerechnet.

Es brachte mich vollkommen aus dem Konzept.

»Sonja?«

Die kleine schüchterne Sonja? Die von Beruf Heulsuse war? Die sollte mir das angetan haben?

Aber etwas sagte mir, dass das keine Lüge war.

Ich verstand gar nichts mehr – oder doch! Wir hetzten uns selbst aufeinander, zerfleischten uns gegenseitig. Ein tolles Spiel, jeder meinte, gewonnen zu haben, jeder hatte verloren. Ich erhob mich, am ganzen Körper zitternd, und verließ das Klassenzimmer.

Es war vorbei.

Es fing erst an.

Je nachdem.

KAPITEL 21

Ich stürmte die Treppe hinunter Richtung Ausgang und stieß die Tür auf. Eine dunkelgraue Wolkenschicht lag über dem Tal von Ravenhorst und die ersten Regentropfen fielen.

Würde ich Ravenhorst verlassen?

Würde ich bleiben?

Ich wusste es nicht.

Eine Gruppe Raben schwirrte über meinem Kopf. Nacheinander stürzten sie auf ihren Lieblingsplatz unter dem Kastanienbaum zu, als gäbe es dort Sonderangebote. Dick und fett krakeelten sie auf dem Abfalleimer, um sich im nächsten Moment giftig um etwas zu streiten.

Etwas Schwarzes, Fedriges.

Ich konnte den Blick nicht abwenden. Worum sie sich stritten, war nichts anderes als ein toter Körper, dem der Kopf fehlte.

Ekel stieg in mir hoch. Nein, ich konnte nicht glauben, dass Sonja dem Raben den Kopf abgeschnitten hatte. Sonja! Ausgerechnet Sonja, das Sensibelchen, die Heulsuse, das Weichei? Die unfähig war, überhaupt auch nur eine einzige vernünftige Entscheidung für sich zu treffen?

»Ihr verdammten Viecher«, schrie es plötzlich aus mir heraus. »Habt ihr nichts Besseres zu tun? Ekelhaft seid ihr. Fett und ekelhaft wie alle hier.« Ich stieß einen lauten

Schrei aus und raste auf die Vögel zu. Mit lautem Krächzen stoben sie auseinander. Ich hob einen Stein und warf ihn ihnen nach.

Mein Fuß trat gegen den Abfalleimer, der laut scheppernd zu Boden stürzte. Der ganze Müll verbreitete sich auf dem Pflaster.

Ausgerechnet Sonja?

War sie deshalb verschwunden?

Was hatte sie zu mir gesagt, als ich sie vor Bastian gewarnt hatte?

Nikolaj und Meg.

War es Eifersucht, Neid gewesen? Auf mich?

Und wenn Sonja nicht krank war, wenn niemand wusste, wo sie war, dann war sie entweder auf dem Weg zu ihren Eltern oder . . . sie verkroch sich irgendwo. Aber warum?

Ich dachte daran, wie jemand gestern Nacht weggelaufen war. Wer von den beiden Mädchen war Sonja gewesen?

Meine Gedanken rasten.

Warum machst du dir eigentlich wegen der Sorgen, fragte ich mich. Sonja war es schließlich gewesen, die sich gleich am ersten Morgen am Frühstückstisch an mich herangeschmissen hatte, um mich einen Moment später fallen zu lassen für Trixie und Pink. Sie hatte mit den beiden auf mir herumgehackt, sich über mich lustig gemacht, wann immer sie konnte – um nicht selbst die Neue zu sein, der Loser, der Novize, den keiner wollte. Eiskalt hatte sie mich des Diebstahls bezichtigt und – verdammt! – sie hatte dem Vogel den Kopf abgeschnitten! Von wegen naive Heulsuse! Alles Theater! Sie war schlimmer als Pink.

Also, warum zermarterte ich mir das Hirn ihretwegen? Nur ein Freak wie alle hier, diese abgedrifteten Psychos, deren einziger Lebensinhalt darin bestand, sich gegenseitig fertigzumachen, sich Szenarien auszudenken, wie sie anderen die Existenz zur Qual machen können.

Vergiss Mobbing!

Mobben, so etwas machen Hausfrauen.

Was hier abging, das war etwas anderes. Das war – Stalking. So nannte das die Polizei. So etwas war strafbar. Wenn ich das meinem Vater erzählte, bekämen die alle hier eine Anzeige.

Und – auch wenn Kira freiwillig gesprungen war. Sie hatten sie dennoch umgebracht. Seelischen Totschlag hatten sie begangen.

Sie gehörten weder in ein Internat, noch verbannt hinter Klostermauern, sondern in den Knast. Einen Stacheldrahtzaun um das ganze Gelände hier und Ruhe war.

Es war das Läuten der Schulglocken, die mich zur Ruhe brachten. Die erste Stunde war zu Ende, doch meinem Gefühl nach dauerte dieser Morgen bereits ewig und er würde nie enden. Ich steckte in diesem Tag wie in einer Endlosschleife. Und wie um mich zu vergewissern, dass seit Sonjas Verschwinden nicht mehr als fünfundvierzig Minuten vergangen waren, blickte ich nach oben auf die vergoldeten Zeiger der Turmuhr – tatsächlich Viertel vor neun.

Im nächsten Moment erschreckte mich ein lauter

Schlag. Nicht mehr als zwei Meter vor mir schlug ein Stein auf dem Pflaster auf, zerschellte in unzählige Teile. Mein Herz hämmerte los. Ich holte tief Luft. Ein, zwei Schritte weiter vorne und – verdammt! – der Stein wäre mir auf den Kopf geknallt!

Ich starrte die Reste an, fixierte sie genau – schwarze, spitze Scherben lagen verstreut auf dem Pflaster. Das war kein Stein, sondern ... mein Blick ging langsam die Kirche nach oben und blieb am schwarzen Schiefer hängen. Ein Ziegel hatte sich im Dach gelöst.

Die Stille über dem Hof war stiller, als man es sich vorstellen konnte. Nicht ein Windhauch regte sich und auch der Regen fiel lautlos. Vielleicht hörte ich auch nichts, weil das Blut laut in meinen Ohren rauschte. Ein roter Fleck zeichnete sich oben auf dem dunklen Dach ab. Im ersten Moment glaubte ich, es handele sich um Blut, das vom Dach tropfte. Und seltsamerweise wäre ich froh darüber gewesen. Es wäre mir nicht so absurd erschienen wie das, was ich tatsächlich sah. Ein Mensch war dort oben. Jemand, der einen roten Pullover trug.

»Scheiße«, flüsterte ich. »Verdammte Scheiße!«

Ich atmete schnell und flach, schluchzte fast.

Dann rannte ich los.

Was hatte Nikolaj damals in jener Kletternacht gesagt? Es gab eine Treppe, die hoch in den Dachstuhl führte. Und eine Luke zum Glockenturm!

Indi? Während ich die Eingangstür zur Kirche aufstieß und meine Schuhe auf den kalten Steinen laut klackten, gerieten meine Gedanken in einen Strudel: Konnte es sein? Konnte es wirklich sein? Die letzten Worte in Kiras Tagebuch drängten sich in meine Gedanken:

Werde ich die Kraft haben zu springen?

Oder nicht!

Aber – ich brauche ja gar keine Kraft mehr. Das ist das Schöne. Ich muss mich einfach nur fallen lassen.

Ja, ich habe Angst!

Aber ich freue mich auch!

KAPITEL 22

Die Tür hoch zum Turm, die Nikolaj erwähnt hatte, stand weit offen. Durch sie gelangte ich in einen kleinen Flur, von dem rechts eine schmale Treppe abzweigte. Von oben strömte kalte Luft über die Stufen, meine Schritte polterten auf dem uralten Holz.

Je höher ich kam, desto modriger roch es. Und nach dem ersten Treppenabsatz wurde es zunehmend düsterer. Es lag an den Fenstern, die immer schmaler wurden, und den Wolken, die sich am Himmel zusammenballten. Ich hielt kurz inne, um Luft zu holen, doch im nächsten Moment rannte ich bereits weiter. Die Stufen wurden schmal, sie waren so ausgetreten, dass ich fast ausrutschte. Enger und enger schraubte sich die Wendeltreppe in die Höhe.

Und wenn ich zu spät kam?

Meine Kehle wurde eng, mein Herz hämmerte lauter als meine Schritte auf den Stufen.

»Verdammt, verdammt, verdammt!«, fluchte ich leise und begann zu beten. Na ja, nicht wirklich, aber auf jedes *Verflucht* folgte *Lieber Gott, hilf! Mach* . . . ja, was verdammt noch mal? Was sollte er tun? Was konnte ICH tun? Scheißegal! Irgendwas!

War das Indi da oben? Und wenn ja, würde er springen?

Wie Kira?

Weil ich ihn beschuldigt hatte?

Die Schieferplatten des Daches waren nass und rutschig vom Regen. Jede Bewegung konnte dazu führen, dass er abrutschte, das Gleichgewicht verlor und . . . Vielleicht war es bereits zu spät!

Die Muskeln in meinen Waden verkrampften sich und ich spürte, wie meine Kraft nachließ. Wenn ich das hier überlebte, würde ich mich von Mrs Feldwebel durch die Halle jagen lassen, so oft sie wollte. Man wusste nie, wofür man Kondition und Ausdauer brauchen konnte.

Atmen. Immer atmen!

Das Geländer krampfhaft umklammert, stieg ich nach oben. Mir schien, als ob die Zwischenräume der schwankenden Holzstufen auseinanderdrifteten. Ein falscher Schritt und meine Füße würden sich dazwischen verhaken. Jeder Blick nach unten bedeutete nichts als atemlose Tiefe.

Und dann begannen die Glocken im Türmchen zu schlagen.

Neun Uhr!

Erst leise und dann immer lauter. Die Wände dröhnten von dem Gebimmel wider.

Der Lärm ging mir durch und durch.

Dann nur noch zwei Stufen.

Eine.

Ich hatte es geschafft und fand mich in einem dunklen, engen Gang wider. Ein wackliges Geländer sicherte Holzbretter ab, die mir morsch erschienen.

Staub lag in der Luft und schräg links tropfte Wasser durch die Dachziegel in mehrere Eimer. Der Dachstuhl war in keinem guten Zustand.

Und nun?

Wie kam ich von hier aus aufs Dach?

Ich hätte eine Figur aus einem Computerspiel sein können – ferngesteuert durch einen einfachen Mausklick bewegte ich mich über den Holzsteg, der über die Tiefe führte, und steuerte direkt auf die Metallleiter zu, die hoch zur Dachluke führte, durch die ebenfalls Regen tropfte. Ich setzte den Fuß auf und begann, vorsichtig nach oben zu klettern. Je höher ich stieg, desto mehr schaukelte die Leiter. Ich wagte nicht, nach unten zu sehen. Einige Sprossen waren verrostet. Ich fürchtete, sie könnten bei der geringsten Belastung durchbrechen.

Dann war ich oben.

Okay, nun musste ich irgendwie von der Leiter aufs Dach kommen.

Ich streckte den Arm aus und meine Hand griff nach draußen, hielt sich krampfhaft an den nassen Dachziegeln fest – und rutschte sofort ab.

Noch einmal.

Verzweifelt suchten meine Finger Halt, klammerten sich am Fensterrahmen fest, dessen morsches Holz in meine Handfläche schnitt. Ich ignorierte den Schmerz und zog mich nach oben, bis ich in der Luft hing. Meine Füße berührten die oberste Sprosse nicht mehr.

Es war so ziemlich der unpassendste Moment, aber mir schoss der Gedanke durch den Kopf: Was machst du hier eigentlich?

Denk mal darüber nach!

Na ja, ich hing im Dachstuhl der Kirche von Ravenhorst.

Entsetzlich, haarsträubend, wahnsinnig!

Warum? Warum?

Weil du vielleicht schuld bist, wenn Indi springt, sagte ich mir. Du hast ihn für Kiras Tod verantwortlich gemacht . . . und wenn er sie wirklich geliebt hat, dann . . .

Lieber Gott, der du einmal hier in diesem Gebäude gewohnt hast, hilf mir . . . Bitte, bitte hilf mir!

Reiß dich zusammen, Jule, noch bist du nicht tot.

Kiras Tod darf sich nicht wiederholen . . . Du bist für sie verantwortlich.

Bin ich nicht!

Doch!

Ich konzentrierte mich, verscheuchte alle Zweifel. Es gab kein Zurück. Mit aller Kraft zog ich mich weiter nach oben und konnte es nicht glauben:

Geschafft!

Ich hatte es geschafft!

Ich ruhte mich für einige Sekunden aus, bis meine Hände nach einem Widerstand suchten und ich mich nach vorne zog, bis mein ganzer Körper auf dem Dach lag.

Jetzt erst stützte ich mich auf und sah mich um.

Circa vier Meter entfernt ragte der Holzturm in den Himmel, in dem die beiden Glocken noch leicht hin und her schwangen und zu den letzten Schlägen ausholten, die nach und nach verhallten.

Doch ich konnte niemanden sehen.

Hatte ich mir den roten Fleck nur eingebildet? War Indi gar nicht hier oben?

Ich keuchte noch immer von der Anstrengung und blieb

für ein paar Minuten einfach platt auf dem Bauch liegen, doch irgendwann rappelte ich mich hoch.

Ein kalter Wind trieb mir den Regen ins Gesicht, die Ziegel waren rutschig vor Nässe. Ich starrte nach unten, bis mir schwarz vor den Augen wurde.

Der Innenhof lag in totaler Stille da. Niemand war zu sehen.

Sitzend rutschte ich Zentimeter für Zentimeter nach oben.

»Indi!«

Der Wind trug meine Stimme fort.

»Indi!«

Und dann hörte ich jemanden weinen.

Indi?

Ich lehnte mich zurück und versuchte zu erkennen, woher das Geräusch kam.

Auf der Rückseite des Glockenturms blitzte etwas Rotes auf.

Ich lehnte mich zurück!

Ich hatte mich getäuscht.

Nicht Indi saß dort, sondern . . . Sonja!

Sonja mit der Höhenangst, Sonja mit ihrer roten Strickjacke, die sie auch am ersten Tag getragen hatte!

Ihre Augen glänzten vor Angst und ihr Gesicht war leichenblass. Eine Schramme zog sich über die linke Wange, von der Blut tropfte. Ihre Kleider waren total durchnässt. Sie zitterte am ganzen Körper vor Kälte.

»Hier bin ich!«, schrie sie.

»Bleib ruhig sitzen, beweg dich nicht! Ich komme!«

Ich schob mich weiter nach links. Jedes Mal wenn ich in den Raum zwischen den Schieferplatten fasste, schnitten deren scharfen Kanten in die Hand, während ich gleichzeitig auf Sonja einsprach. Woher die Worte kamen? Keine Ahnung! Ich sagte einfach alles, was mir einfiel.

Alles wird wieder gut! Du wirst sehen. Wir finden eine Lösung.

Meine Stimme hörte sich inzwischen an wie das Gekrächze der Raben, die sich auf dem Dachfirst versammelt hatten. Dicke schwarze Gaffer, die meinen Bewegungen mit neugierigen Blicken folgten, als handele es sich um Reality-TV. Doch ich ließ mich von ihnen nicht aus der Ruhe bringen. Jetzt nicht!

»Halte dich fest! Ich bin gleich bei dir!«

Ich bewegte mich langsam weiter und war nur noch einen Meter entfernt.

»Das wollte ich nicht«, hörte ich sie weinen. »Ich wollte es nicht!« Sonjas Stimme klang zittrig, als bräuchte sie alle Kraft, um überhaupt ein Wort zu sagen. Der hysterische Ton in ihrer Stimme, sonst typisch für sie, war verschwunden.

»Es ist okay! Ich helfe dir.«

»Warum du?«

Was für eine seltsame Frage, dachte ich, als ob das eine Rolle spielte.

Aber Sonja hörte nicht auf. »Es tut mir leid! Es tut mir leid! Ich habe nichts gegen dich!«

»Ich weiß«, versuchte ich, sie zu beruhigen.

»Du wirst fallen und ich bin schuld! Warum bin ich nicht gesprungen? Warum nicht?«

Ich hörte nicht hin, was sie alles sagte, konzentrierte mich darauf, dass meine Füße Halt fanden. Nichts anderes war wichtig.

Und dann hatte ich endlich den Turm erreicht. Erschöpft lehnte ich mich gegen die Wand. Dann hob ich den Kopf in Sonjas Richtung und rief: »Gib mir die Hand und klettere zu mir herunter.«

»Ich kann nicht.«

»Ich halte dich!«

»Nein!« Sie schüttelte den Kopf.

»Wir können hier nicht bleiben, es ist zu gefährlich, wir müssen zurück.«

»Nein!«

Sonjas Finger krallten sich an die Holzverkleidung des Glockenturmes. Ihr Gesicht nass vom Regen, der an Stärke zugenommen hatte, und von Tränen, die unaufhörlich flossen.

»Du musst nur kurz loslassen. Nur mit einer Hand!«

»Nein!«

Ich beugte mich kurz nach vorne, verlor das Gleichgewicht und rutschte einen halben Meter nach unten. »Deine Hand, sonst falle ich, verdammt noch mal, zieh mich hoch!«

Sie ließ das Holzgerüst los! Sie ließ es tatsächlich los! Ihre linke Hand streckte sich mir entgegen.

Meine Finger klammerten sich an Sonjas, während meine Füße Halt suchten. Nur einen Moment, sagte ich mir. Du musst jetzt für eine Sekunde alle Kraft zusammennehmen und dich nach oben bewegen, dann hast du es geschafft, bevor sie loslässt.

Und dann saß ich neben ihr.

Wie viel Zeit verging?

Wie lange saßen wir so, eng aneinandergeklammert?

Mein Atem beruhigte sich nur langsam. Ich presste den Kopf fest gegen die Mauer, bis die Kälte mir den Rücken hinunterkroch und das Rasen meines Herzschlages keine Chance hatte gegen die Erstarrung, die sich in mir ausbreitete.

Das Schluchzen an meiner Seite hatte aufgehört.

Irgendwann begann Sonja zu sprechen: »Ich war es, verstehst du? Ich habe dem Vogel den Kopf abgeschnitten und auf dein Kopfkissen gelegt. Es war schrecklich! Einfach schrecklich!«

»Warum hast du es dann gemacht?«

»Pink hat mich gezwungen.«

»Was, verdammt noch mal, habe ich ihr eigentlich getan?«

Für einen Moment herrschte Schweigen. Nur der Wind war zu hören.

»Du hast uns verraten! Man kann dir nicht vertrauen!«

»Kein Wort habe ich verraten!«

»Ich habe gesehen, wie du mit der Sturm geredet hast. An dem Abend kam sie zu Meg und hat sie gewarnt. Wenn sie uns beim Klettern erwischt, meinte sie, dann fliegen wir alle vom Internat!«

»Die Sturm ist schlauer, als ihr denkt. Aber warum machst du, was sie sagen?«

»Sie haben mir gedroht. Entweder du oder ich! Aber ich muss doch hierbleiben. Ich kann nicht nach Hause zurück.«

»Warum?«

Ihre Finger ließen meine los und sie presste beide Hände auf ihre Ohren. »Ich bin nicht freiwillig hier. Meine Eltern haben immerzu auf mich eingeredet, immerzu. Verstehst du, ich bin ein Versager.«

»Niemand ist ein Versager.«

»Meine Schwester, sie schafft alles und ich nichts. Nichts. Nicht einmal von diesem verdammten Dach kann ich mich stürzen.«

»Hast du es ihnen erzählt?«

»Wem?«

»Trixie und Pink. Hast du mit ihnen darüber gesprochen, dass deine Eltern dich ins Internat gesteckt haben?«

»Ja, und sie haben gesagt, ich müsste meinen Eltern eben beweisen, dass ich kein Loser bin.«

»Indem du aufs Dach kletterst?«

»Immer wieder haben sie darüber geredet, das Leben sei ein Dschungelcamp. Nur der Stärkste überlebt, aber . . .«, murmelte sie, ». . . nur überleben genügt nicht.« Aus Sonjas Stimme war alle Schwäche verschwunden. Sie klang so entschieden, dass ich fürchtete, sie würde plötzlich springen, bevor ich sie daran hindern konnte.

»Im Augenblick will ich nichts anderes«, murmelte ich. »nur überleben.«

Sie schwieg. Aber nicht, weil ihr nichts einfiel, sondern sie wusste nicht, wie sie es sagen sollte.

»Bastian!« Die Erkenntnis traf mich wie ein Blitzschlag! Sie war nicht hier oben, weil sie mich gequält hatte, sondern wegen Bastian!

»Ich kann nichts dafür. Ich . . .«, sie zögerte, »ich liebe ihn.«

»Er ist ein Idiot! Ehrlich, ich kapiere es nicht, aber Jungs werden immer zu Idioten, wenn man sich in sie verliebt. Ich spreche aus Erfahrung!«

»Du musst mich doch verstehen, du und Nikolaj . . .!«

»Nicht einmal wegen Nikolaj würde ich in die graue Vorzeit zurückfallen. Ich bin nicht so dumm wie ein Steinzeitweibchen, das denkt, jeder Mensch, der behaart ist und mich Prinzesschen nennt, ist der Mann meines Lebens.«

»Aber ich dachte, du und Nikolaj . . .«

»Ich und Nikolaj?«

»Alle haben darüber geredet! Pink hat immer wieder Meg gewarnt, dass du . . .«

»Was?«

»Dass du eine Schlampe bist!«

»Und was ist sie? Sie war es doch, die Indi im Bus abgeknutscht hat. Direkt unter Kiras Augen.«

»Sie sagt, du hast Nikolaj Meg weggenommen.«

»Meg?«

»Deswegen hasst sie dich doch! Weil Nikolaj dich mag.«

Ja, das war nichts Neues. Aber ich konnte es nicht fassen. »Und deshalb das ganze Theater? Pyjamaparty, Diebstahl, Vogelkopf?«

Ehrlich, ich musste lachen . . . wir saßen im strömenden Regen auf dem Dach. Eine falsche Bewegung und wir würden dort unten auf dem Pflaster landen . . . wie Kira . . . und sprachen über die Liebe. War es das wert?

Jasper: Seine Küsse – er war mir so vertraut gewesen

und wollte doch mehr, wollte alles. Und als ich einen Rückzieher machte . . . rannte er schnurstracks zu Lara, dieser langbeinigen Blondine, multifunktionsfähig und vor allem nicht zickig wie ich. Jasper servierte mich einfach ab, kündigte mir die Freundschaft.

Scheiß drauf!

»Aber Bastian und du«, ich schüttelte den Kopf, weil ich immer noch nicht darüber hinwegkam, dass Sonja tatsächlich in so ein Arschloch verliebt sein konnte, »ich dachte, ihr beiden, ihr hättet gestern Abend in deinem Zimmer . . .«

Sonja schüttelte heftig den Kopf.

»Das war nicht ich . . .«

»Sondern . . .?«

»Trixie! Ich habe sie erst im Kreuzgang gesehen und bin weggerannt. Und als ich später in mein Zimmer kam, da lagen sie im Bett und haben es getrieben! In meinem Bett, verstehst du?« Sie brach erneut in Tränen aus. »Es war alles umsonst, verstehst du! Alles! Dass ich dich verdächtigt habe, meine Ohrringe gestohlen zu haben, die nicht einmal meine waren. Sie gehören meiner Schwester. Und wenn ich sie verloren hätte, ehrlich, sie würde mich killen. Es war Pink, die sie versteckt hat, um mich auf dich zu hetzen. Ich wusste nichts davon. Sie sagte nur, sie hätte sie bei dir gesehen.«

Es gibt Momente, in denen man nebeneinandersitzen kann, ohne ein Wort zu sagen. Wie jetzt. Erst als meine Füße und Finger anfingen, in der Kälte zu brennen, kam ich wieder zu mir. Ich bewegte sie immer wieder, damit sie nicht einschliefen, und war gerade dabei zu überlegen, wie wir von diesem Dach kamen, als ein Wagen unten im Innenhof zu hören war. Wenige Sekunden später kam er zum Stehen und der Motor ging aus. Ich reckte den Kopf, spürte, wie ich aus dem Gleichgewicht geriet.

»Pass auf!«, schrie Sonja. »Das ist gefährlich!«

»Wenn es so gefährlich ist«, erwiderte ich boshaft, »warum ... zum Teufel ... bist du dann hier auf diesem beschissenen Dach?«

»Einmal im Leben«, brüllte Sonja zurück, »wollte ich etwas machen, das mutig war! Schnallst du das nicht?«

Unten im Schulhof stand ein Taxi. Die Tür öffnete sich und Indi stieg aus. In seinem roten Pullover.

Indi?

Wo kam der denn jetzt her?

Ich richtete mich, so gut es ging, auf, um einen Blick nach unten zu werfen.

»Kannst du etwas sehen?«, fragte Sonja aufgeregt.

»Wir müssen uns bemerkbar machen.«

Die Autotür fiel ins Schloss.

»Wir rufen um Hilfe! Los! Eins, zwei ...«

Auf drei begannen wir loszuschreien. Wir brüllten aus vollem Hals, sodass sogar die Raben erschreckt aufflatterten, über unseren Kopf hinwegflogen und sich in die Tiefe stürzten.

Wir schrien so laut, warum, verdammt noch mal, hörte Indi uns nicht?

Ich richtete mich erneut auf.

Indi stand nun auf der anderen Seite des Taxis und öffnete die Beifahrertür.

»Er muss uns helfen«, sagte ich entschlossen.

»Er hört uns nicht. Das hat keinen Sinn!«, begann Sonja zu jammern.

»Weißt du«, ich verlor die Geduld, »ich glaube, du bist nicht wirklich die Idiotin, für die du dich hältst, aber wenn du nicht mit diesem Gejammer aufhörst, dann bitte spring lieber!«

»Aber . . .«

»Lass mich nachdenken!«

Für einige Sekunden herrschte Stille bis auf das Pfeifen des Windes. Irgendetwas musste ich unternehmen, sonst würde Indi uns nicht bemerken.

Mein Blick fiel auf einen der Dachziegel aus Schiefer. Ohne lange zu zögern, griff ich mit der rechten Hand danach, während meine linke sich am Holzturm festklammerte.

»Was machst du?«

Ich beachtete sie nicht. »Das Scheißding sitzt fest! Hilf mir!«

»Ich kann nicht!«

»He«, brüllte ich. »Du hast diesem ekelhaften Vogel die Kehle durchgeschnitten! Mit deinen eigenen Händen! Fuck! Erzähl mir jetzt nicht, dass du das nicht kannst!«

Ich spürte ihre Hand neben meiner.

»Zieh!«

Der Ziegel bewegte sich leicht.

»Noch mal!«

»Au«, Sonja schrie auf. »Ich habe mich geschnitten! Oh Gott, das tut weh!«

Keine Zeit für Mitleid!

»Besser, als wenn du tot wärst.«

Gemeinsam rissen wir an der Platte. Von der Wucht, mit der sie sich schließlich aus der Verankerung löste, wurde ich zurückgeschleudert. Die Finger meiner linken Hand öffneten sich und einen Moment später ließ ich los.

»Pass auf!«, schrie Sonja.

Es war zu spät, ich rutschte nach unten. Mein Kopf schlug gegen das Dach.

Die Dachrinne, dachte ich noch, sie wird nicht halten!

KAPITEL 23

Ich lag auf dem Bauch auf dem Dach, wagte nicht, mich zu bewegen. Bei jeder Bewegung krachte und schepperte die Dachrinne. Es regnete mittlerweile noch heftiger – die Tropfen prasselten laut unter mir gegen die Regenrinne –, ich stellte mir vor, wie ich einfach weggespült wurde.

Nur noch schlafen!

Das war mein einziger Wunsch.

Denn es musste ja ein Albtraum sein, in dem ich mich befand. Es konnte nicht anders sein. Ein ziemlich schrecklicher, aber nichts als ein Traum.

Ich vergaß Sonja.

Vergaß alles, was geschehen war.

War müde.

Schrecklich müde.

Dann dieser Wunsch, fliegen zu können. Vielleicht, schoss mir durch den Kopf, kannst du es. Du musst aufstehen, dich an den Rand stellen und einfach springen.

Einfach sich in die Luft erheben wie die Raben. Doch dazu musste ich aufstehen. Mich erheben. Nur ein Schritt und . . .

Weil WIR entscheiden!

Weil wir mit der Schwerkraft spielen.

Ich zog den rechten Fuß an und verlagerte das Gewicht auf den linken. Die Dachrinne schwankte leicht unter mir.

»Beweg dich nicht!« Sonjas Stimme holte mich zurück in die Wirklichkeit. »Er holt Hilfe!«

Ich hob den Kopf. Oh verdammt, der stand unter Spannung! Jeden Moment konnte er platzen! Ich sah seine Einzelteile durch die Luft fliegen wie Scherben.

Sonja saß unterhalb des Glockenturmes.

Ich starrte sie verständnislos an.

Wovon sprach sie? Wer holte Hilfe?

»Indi! Er hat uns hier oben gesehen. Mann, der Ziegel ist mit einer Wucht neben ihm aufgeschlagen, ich dachte schon, das überlebt er nicht.«

Dieses Mädchen hatte Gefühlsschwankungen, dagegen war eine normale Pubertät nicht schlimmer als ein leichter Schnupfen. Und sie konnte nicht aufhören zu reden, obwohl ihre Zähne klapperten. »Du warst ohnmächtig! Ich dachte, du wärst tot!«

Quatsch, wollte ich sagen, als es erneut krachte. Die Dachrinne!

Und in diesem Moment wurde es mir erst so richtig bewusst. Mein Leben hing an einem seidenen Faden, sprich, ich stand mit einem Fuß auf einem Stück Blech und ich konnte nur hoffen, dass die Dachrinne seit Erbauung des Klosters im 14. Jahrhundert nach Christi Geburt erneuert worden war.

Bildete ich es mir ein oder krächzten tatsächlich Raben direkt in meiner Nähe? Verkündeten sie meinen Tod?

Mann, so etwas gab es nur in Filmen. Da stolperten Schauspieler in Löwengruben, stürzten über Felsklippen, hingen an Fenstersimsen. Immer hatte ich bei solchen Szenen gedacht: Du Idiot! Hättest du dir doch denken können! Hast du das Drehbuch nicht gelesen? Gehst du nie ins Kino?

Nie, niemals im Leben hätte ich gedacht, dass mir so etwas geschehen konnte. He, ich war Miss IQ, Miss Klugscheißer! Von wegen! Ich war ein normales Mädchen, dessen Leben auf die Stabilität einer Dachrinne angewiesen war. Da zählte nur Glück! Sogar für Einstein!

Ich wagte nicht, mein Gewicht auf den rechten Fuß zu verlagern, stattdessen krallten sich die Finger in die Ritzen zwischen den Dachziegeln.

Ruhig bleiben, murmelte ich, lieber Gott, ruhig bleiben.

Vielleicht war Gott noch irgendwo hier an diesem Ort, der schließlich vor mehr als sechshundert Jahren ihm zu Ehren erbaut worden war. Wenn du mir hilfst, dann . . . ja, was? Mir fiel kein anderes Versprechen ein, als mich nie wieder über die Ängste und Sorgen meiner Oldies aufzuregen. Ich würde sie lieben und ehren, bis der Tod . . . nein, der Text war anders.

»Halt dich fest!«, hörte ich Sonja hysterisch schreien. »Halt dich bloß fest!«

Am liebsten hätte ich geantwortet, was glaubst du, was ich hier mache, aber ich brauchte alle Kraft, um nicht loszulassen – so verführerisch es auch schien. Denn langsam ging mir die Kraft aus und jetzt wünschte ich mir wirklich, einfach aufzugeben und nach mir die Sintflut.

Hätte ich wirklich irgendwann losgelassen?

Hätte ich aufgegeben?

Ich garantiere für nichts. Jedenfalls kam mir keine göttliche Stimme zu Hilfe, sondern eine andere.

»Ich komme!«, rief jemand über mir und es klang nicht nach Sonja.

Ich wagte nicht, den Kopf zu heben, wagte überhaupt nicht, mich zu bewegen, stellte das Atmen komplett ein. Lebte von den Luftreserven in meiner Lunge. Meine Arme entwickelten eine Stärke, die Mrs Feldwebel entzückt hätte.

Aber nicht lange und ich fühlte erneut, wie die Kraft nachließ. Durchhalten, festhalten, überleben, weiterleben! Hoffen, nicht verzweifeln und vor allem – nicht den Teufel an die Wand malen! Der hat hier nichts zu suchen!

Dann änderte sich plötzlich alles.

Ich hörte Schreie, das Heulen von Sirenen und dann eine Hand, die meinen rechten Unterarm umklammerte.

»Du schaffst das.« Die Stimme klang wie die von Nikolaj und das war schlimm. Vermutlich war das schon der Übergang ins Delirium. Aber diese Hand – sie war so warm, fühlte sich so real an.

Dann drang wieder die Wirklichkeit in meinen Kopf: Nikolaj ist im Krankenhaus! Es geht ihm schlecht! Sehr schlecht!

Aber warum sagte seine Stimme – und sie hörte sich wirklich an wie er – so stinknormale Sätze wie »Die Feuerwehr ist da! Hörst du mich, Jule? Gleich ist es vorbei.«

Eine Hand schob sich über meinen Rücken und umklammerte mich. Ein dumpfes Geräusch ertönte, Klappern, Stimmengewirr. Mein Kopf schmiegte sich an das Dach. Ich war nur noch müde und wollte schlafen. Dann spürte ich die Wärme eines anderen Körpers. Ich schloss die Augen und hätte sie nie wieder geöffnet, hätte nicht neben mir der Kopf des Raben gelegen, hätten mich nicht seine toten Augen angestarrt, als wollte er mir sagen: »Mach nicht schlapp! Du nicht!«

Ich spürte, wie ich nach unten rutschte. Und hatte keine Kraft, mich zu wehren. Überließ mich der Schwerkraft. Gravitation, verbesserte ich mich und dachte gleichzeitig: Scheiß auf Physik!

»Gleich bist du in Sicherheit!«

Schon wieder diese Stimme – sie klang verdammt noch mal nach Nikolaj!

»Nikolaj?«, murmelte ich automatisch.

»Ja, ich bin hier!«

Scheiß drauf, ob das die Wirklichkeit war oder eine Wahnvorstellung. Der Gedanke war beruhigend. Nicht nur das. Er war Halt.

Genieße es einfach, dachte ich.

»Gott sei Dank, du bist da!«

»Gott sei Dank hast du es gleich geschafft.«

»Und du?«

»Ich bin angeseilt.«

»He, Free Solo ist saucool.«

»Scheiß drauf.«

»Scheiß drauf.«

Er lachte. Nikolajs Lachen war warm. Ich hörte ihn so gerne lachen. Es klang wie Musik.

Und dann befahl er mit ernster Stimme: »Bewege dich nicht. Jemand kommt jetzt hoch und schnallt dich fest.

Dann bekommst du deine erste Flugstunde. Also keine Mätzchen, okay?«

»Klar doch«, murmelte ich, »fliegen! Das habe ich von den Raben gelernt!«

KAPITEL 24

Den Rest erzählte man mir später.

Ein Feuerwehrmann schnallte mich an einem Seil fest und ich wurde durch die Luft gewirbelt.

Erwachte erst wieder, als ich in eine Decke gewickelt auf einer Liege zum Krankenwagen getragen wurde.

Bildete ich es mir ein oder war es Meg, die unter dem Kastanienbaum stand und rauchte?

Das allein war ja nichts Besonderes, aber dass sie die Hand hob und mir zuwinkte – das konnte nur ein Traum sein.

Emilia stürzte auf mich zu und redete ununterbrochen auf mich ein: »Was hast du dort oben gemacht? Wolltest du wirklich springen? Wie Kira?«

Schließlich zog Frau Strum sie von meiner Seite, nahm meine Hand und sagte: »Ich werde deine Eltern anrufen.«

»Nein«, widersprach ich, »bitte nicht!«

Ich hatte wirklich die Illusion, sie würden es nie erfahren.

Aber sie schüttelte nur den Kopf.

Ich seufzte. Wie sollte ich das Mammi erklären?

Sie würde darauf bestehen, dass ich Ravenhorst verließ, aber ob ich das wollte . . .? Ich war kein Kind mehr, nach dieser Sache sowieso nicht – und das bedeutete, die Mauer zwischen meinen Eltern und mir war höher als je zuvor. Es gab Dinge, die würden sie nie verstehen. In tausend Jahren nicht! Sie standen auf der anderen Seite – auf der anderen Seite der Mauer.

»Sonja?«, fragte ich.

»Alles okay. Aber wer von euch beiden war zuerst dort oben?«

Ich hob die Achseln.

»Aha, das alte Spiel. Ein Rabe hackt dem anderen kein Auge aus.«

»Krähe«, erwiderte ich, »es heißt Krähe.« Und dann: »Wo ist Nikolaj?«

»Hier!« Plötzlich stand er neben mir. Ein Sanitäter versuchte hektisch, eine harmlose Blutung an seiner Stirn zu stoppen, während sie mich in den Krankenwagen schoben. Nikolaj weigerte sich, in den zweiten Krankenwagen zu steigen. Stattdessen nahm er neben mir Platz.

»Du siehst wirklich scheiße aus«, murmelte ich.

»Vielleicht kriegen wir ein Doppelzimmer im Krankenhaus.«

Am Ende der Liege, auf die man mich, eingehüllt in Decken, gelegt hatte, saß ein Sanitäter und ließ Nikolaj nicht aus den Augen, der eine Kompresse auf die Wunde presste.

»Warum warst du überhaupt hier?«, fragte ich, während er neben mir saß und meine Hand hielt. Jawohl, er hielt meine Hand.

»Weil du mich gebraucht hast.« Er machte dieses Männergesicht, als wären es die Jungs, die uns permanent retten müssten.

»Ich wäre nicht gefallen«, erklärte ich.

»Sah aber ganz danach aus.«

»Aber woher wusstest du, was passiert ist?«

»Von Indi. Sobald er hörte, dass Sonja verschwunden war, ist er zu mir ins Krankenhaus gekommen.«

»Das gibt Probleme«, mischte sich der Sanitäter ein. »Man haut nicht einfach aus einem Krankenhaus ab!«

»Nein«, erwiderte Nikolaj, »nur Weicheier bleiben im Bett, wenn die Kacke am Dampfen ist.«

»Sei lieber vorsichtig, sonst unterbreche ich eure Liebesschwüre.«

Ich musste grinsen, aber im nächsten Moment wollte ich endlich alles verstehen. »Was geht Indi Sonja an? Er hat sich doch sonst einen Scheiß um uns Neue gekümmert.«

Nikolaj schaute mich mit gerunzelter Stirn an.

»Falten stehen dir nicht«, bemerkte ich.

»Und dir nicht diese Boshaftigkeit. Indi war in letzter Zeit ziemlich . . .«

». . . deprimiert?«

»Genau.«

»Er hat sich Vorwürfe gemacht wegen Kira?«

»Er hat sie dort oben auf dem Dach gesehen, aber es war zu spät, verstehst du. Diesmal wollte er es besser machen, deswegen ist er zu mir ins Krankenhaus gekommen, wo es, ganz nebenbei, verdammt langweilig war ohne euch . . . ohne dich!«

Ich war bereits wieder kräftig genug, um wütend zu werden.

»Ohne ihn und Pink und die anderen wäre Kira überhaupt nicht dort hochgeklettert. Ihr hättet es verhindern können. Du auch . . .«

Der letze Satz war mehr eine Frage als eine Feststellung.

»Ich habe nicht begriffen, wie sehr sie sich das alles zu Herzen nimmt.«

»He, sie haben sie als Diebin hingestellt, ihr einen toten Vogel ins Bett gelegt . . .«

»Was?«

»Einen toten Vogel aufs Kopfkissen gelegt wie bei mir.«

Er schüttelte den Kopf. »Davon hatte ich keine Ahnung!«

Ich schwieg.

Er hatte keine Ahnung gehabt!

War das gut oder schlecht?

Schlecht!

»Und woher weißt du das? Du hast Kira doch gar nicht gekannt!«

»Doch.«

»Du hast sie gerade einmal eine Stunde im Bus gesehen.«

»Ich habe ihr Tagebuch gelesen.«

Er starrte mich an. »Welches Tagebuch?«

»Das auf dem Laptop! Ich weiß genau, was Pink getan hat.«

»Pink liebt Indi.«

»Und er? Wen mochte er?«

»Kira.«

»Und warum hat er dann Pink geküsst, damals im Bus?«

»Hat er sie oder sie ihn geküsst? Pink, sie hat ein Problem, sie will jeden für sich.«

Er seufzte. »Aber auch das hat einen Grund. Ganz tief in ihrem Innern ist sie verzweifelt und ganz schrecklich einsam!«

»Sie hat es nicht leicht?«, regte ich mich auf, doch als der Sanitäter uns streng ansah, murmelte ich leiser. »Pink ist ein Monster!«

»Sie hat verdammt viel Pech gehabt in ihrem Leben.«

»Und deswegen wünscht sie anderen die Krätze oder was?«

»Sie hat ihren Vater sterben sehen.«

Ich schluckte, aber im nächsten Moment kochte ich bereits wieder vor Wut: »Na und?«

»Sie war erst elf, saß an seinem Bett und hat seine Hand gehalten, während ihre Mutter . . .«

»Was?«

»Sie hatte Besuch . . . von ihrem Liebhaber. Nebenan im Schlafzimmer.«

Scheiße, das war wirklich hardcore!

Mammi, Daddy, ich liebe euch!

Nikolaj beugte sich zu mir herunter. »Glaub mir, ich hatte keine Ahnung. Es ging mir . . .«, er stockte, »ziemlich schlecht, verstehst du?«

»Was ist das denn für eine mysteriöse Krankheit, die du da mit dir herumschleppst?«

»Das ist eine lange Geschichte«, seufzte er.

»Ich habe plötzlich viel Zeit!«

»Hämophilie, wenn dir das was sagst.«

»Schon vergessen? Ich bin Miss Klugscheißer. Du willst also sagen, deine Blutgerinnung ist der letzte Schrott.«

Er zuckte mit den Achseln. »Das Erbe meiner Urururgroßmutter. Kein Geld, kein Schloss, nur wehe, ich verletze mich.«

»Machst du das immer so, wenn es Schwierigkeiten gibt? Dich ins Bett legen?«

Aber genau das hatte er nicht getan. Oder jedenfalls zuletzt nicht.

»Willst du mit mir streiten?« Er lächelte sein perfektes McDreamy-Lächeln.

Wir sahen uns an.

»Und warum hast du mir das nicht erzählt?«

»He, wer verliebt sich in jemanden, der jederzeit hopsgehen kann?«

Der Sanitäter drehte sich um und murmelte: »Das ist eine ganz miese Tor, auf Mitleid zu machen.«

Ich grinste.

Dann, bevor er wieder unsichtbar wurde, sagte er: »Und nun kann das Paar sich küssen.«

Nikolaj beugte sich zu mir herunter.

»Moment«, sagte ich. »Darf ich dich etwas fragen?«

»Klar.«

»Was für ein Deo benutzt du?«

»Magic man, warum?«

»Nur so.«

Und dann näherte sich sein Mund meinem.

»Mach schon«, wollte ich gerade sagen, als ich keine Luft mehr bekam.

Im nächsten Moment schmeckte ich ihn – den ultimativen heißen Cappuccino!

Mit viel, viel Milchschaum!

Einfach göttlich!

Krystyna Kuhn

Das Tal – Season 1

Band 1: **Das Spiel**
978-3-401-50530-5

Band 2: **Die Katastrophe**
978-3-401-50531-2

Band 3: **Der Sturm**
978-3-401-50532-9

Band 4: **Die Prophezeiung**
978-3-401-50533-6

Arena

Auch als E-Books erhältlich
Als Hörbücher bei Lübbe audio

Jeder Band:
Arena Taschenbuch
www.das-tal-lesen.de
www.arena-verlag.de